毅心医意

一位博士医生的成长回忆

陈毅力　著

U0782284

浙江文艺出版社

图书在版编目（CIP）数据

毅心医意：一位博士医生的成长回忆 / 陈毅力著.
杭州：浙江文艺出版社，2024. 11. -- ISBN 978-7
-5339-7727-6

Ⅰ. I251

中国国家版本馆CIP数据核字第2024VM2335号

责任编辑　陈梦媛
责任校对　萧　燕
责任印制　吴春娟
装帧设计　吕翡翠

毅心医意：一位博士医生的成长回忆

陈毅力　著

出版发行　浙江文艺出版社
地　　址　杭州市环城北路177号
邮　　编　310003
电　　话　0571-85176953（总编办）
　　　　　　0571-85152727（市场部）
制　　版　杭州天一图文制作有限公司
印　　刷　杭州丰源印刷有限公司
开　　本　787毫米×1092毫米　1/32
字　　数　76千字
印　　张　5.5
插　　页　4
版　　次　2024年11月第1版
印　　次　2024年11月第1次印刷
书　　号　ISBN 978-7-5339-7727-6
定　　价　59.00元

在初中校舍前的毕业合影（1985 年）

高中毕业照（1988 年）

英文 18 班和外教合影（1989 年）

见习同学和带教老师在中国医大二院大门合影（1992 年）

英文 18 班大学毕业照（1994 年）

留日预校博士班和中、日老师合影（2005 年）

2006年，在日本读博的第一个春天

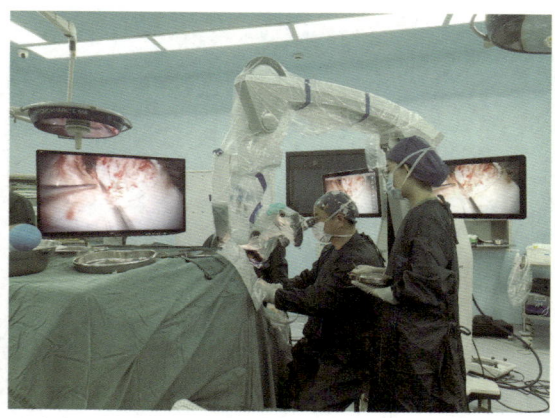

手术中

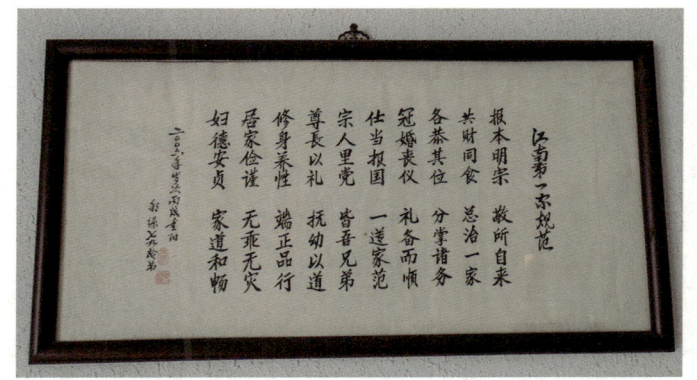

江南第一宗规范

报本明宗　教所自来
共财同食　总治一家
各恭其位　分掌诸务
冠婚丧仪　礼备而顺
仕当报国　一遵家范
宗人里党　睦吾兄弟
尊长以礼　抚幼以道
修身养性　端正品行
居家俭谨　无乖无忒
妇德安贞　家道和畅

一O一O年岁次丙戌年间
郭保火恭录

父亲的墨宝

六十多年前的家庭合影
(爷爷、父亲、母亲、大姐、二姐)

2004 年春节，父母和我们兄弟姐妹五家合影

现在老家除夕谢年时的祭品实例

序言

一百年前，胡适因深感中国传记文学缺乏，于是鼓励老朋友们写自传，记录精彩而别致的人生，但着手写作的并不多，于是自己写了一部《四十自述》，旨在"抛砖引玉"。此后百年间，中国传记文学自然不再缺乏，他传、自传、回忆录、口述史等，蔚为壮观，而其中自传最为珍贵，只因自身经历，刻骨铭心，发而为文，自然动情，同时又能由点及面，折射出时代之波澜。这类作品中，杨绛的《我们仨》等一经出版，就传阅一时。近年来，随着非虚构作品的盛行，"素人"写作也引人注目，于是有范雨素的《我是范雨素》、陈年喜的《微尘》等。写自传不仅是专业作家的专利，公务员、医生、科学家、工程师、快递员……各行各业的人都可以拿起笔，不受拘束，自由创作，书写自己的人生故事，记录下最真切、最接地气的人生感受，从而成为我们时代思想中最真实的基础文献。

因此，当得知我的同乡兄长、卓有成就的陈毅力医生在紧张繁忙的工作之余，写成了一部自传，记录其五十余年的人生经历时，我自然非常欣喜。他又嘱我写序，我深感荣幸。在春节假期里，我细细阅读他的文字，只觉言语生动，用意真诚，令人感动。

陈毅力医生出生于浙江省兰溪市横溪镇冷水湾村。我小时候去上甲山村的外婆家，走了一半，看到山麓小溪边卧倒的一株粗大的香樟树，如同一座拱桥，就知道冷水湾村到了。至于村名的来历，我总觉得是山中雪水融化，汇成小溪，流到此处，又受到大树挽留，就拐了个弯，蓄了一湾水，于是就叫"冷水湾"。村子有山，有水，有古树，自然灵气充盈，是能出读书种子的。陈医生便是其中的佼佼者。他于1988年考上中国医科大学，毕业后在省城的大医院里当医生，这在我们乡镇里自然是名动一时的大事。不单如此，他还在2005年奔赴日本东京大学继续深造，并于2010年获得医学博士学位，更是令人惊叹。如今，他是浙江大学医学院附属第四医院的神经外科主任，还曾荣获义乌市"最美天使"和首届"好医生"称号，在神经外科领域耕耘三十年，理论、实践并行，治病救人，声名远播。我时常听闻他救死扶伤的事迹，内心非常佩服。如今读完他的自传，更让我加深了对他的了解。

这部自传中有非常亲切的童年记忆。据说，判断一个人是否聪慧，就看他的童年记忆是否清晰。而毅力兄长显然是极为聪慧的，因为在他笔下，童年往事历历在目，趣味十足。作为同乡，我也曾亲历那些儿童游戏，熟悉那些乡间风俗，阅读时倍感亲切，唤起了许多回忆。比如他写到童年的吃食与节日，过年时在大石臼里打年糕，在铁筛子上烘火糕，又有炒米胖、做冻米糖，以及杀年猪、谢年、守岁等，言简意赅地绘就了一幅浙中乡村风俗图。而我读着，眼前就浮现出许多昔日的场景，一方方雪白平整的年糕摆在蚕匾里冒着热气，谢年仪式上焚香烧纸放鞭炮，守岁时跑去厅堂更换香烛……这些往事，如今的孩子怕是不太会再经历了吧。

当然，更让我动容的是他的求学经历。他曾就读的横溪初中、兰溪一中，也都是我的母校，虽然他比我高了十一届，但在书中一些珍贵的合影中，我还是能找到一些熟悉的老师的面孔、旧日的校舍。随着光阴流逝，老师们都已慢慢老去，学校也改变了面貌，只有亲历者还能清晰地记得当初的样子。他记录了中学求学时的艰辛，比如住校生一周只能吃些梅干菜或雪菜，又缺少课外读物，住宿条件也有限，到了高中也只能睡大通铺，吃饭时还要百米赛跑般冲向食堂。当然，他的笔触又是快活的、灵动的，毕竟少年人总是"无乐自欣豫"。他写道，有位沈老师个子矮，只一米五左右，被男生取笑，就写下板书"长长竹竿晒衣裳，短短笔杆写文章"，且用带着乡音的普通话抑扬顿挫地说了两遍，其自尊倔强之貌跃然于纸上。他的大学生活写得颇为详尽，从刚到沈阳时的惊喜，到求学之初的不适应，到最后爱上学习，心路历程十分清晰。他对课程、实习的记录，也让我们这些医学门外汉能对学医历程有所了解。书中还收录了两篇怀念父母的文章，以及给儿女的信件，字里行间，真情表露，读之令人动容。

周国平在《时光村落里的往事》一文中曾说："人分两种，一种人有往事，另一种人没有往事。有往事的人爱生命，对时光流逝无比痛惜，因而怀着一种特别的爱意，把自己所经历的一切珍藏在心灵的谷仓里。"而陈毅力医生就是有往事的人，他将过去的时光从记忆里打捞起来，用救治过无数病人的手轻轻抚摸，并将之化为文字，收藏在这本传记里，成为他最美好的财富。也让读到这本书的人能触摸到他亲切的灵魂，并得到温暖，获得激励，这是弥足珍贵的。

是为序。

柳伟平

笔名：余闲

（文学博士，教授，作家）

2024年元月于杭州

目录

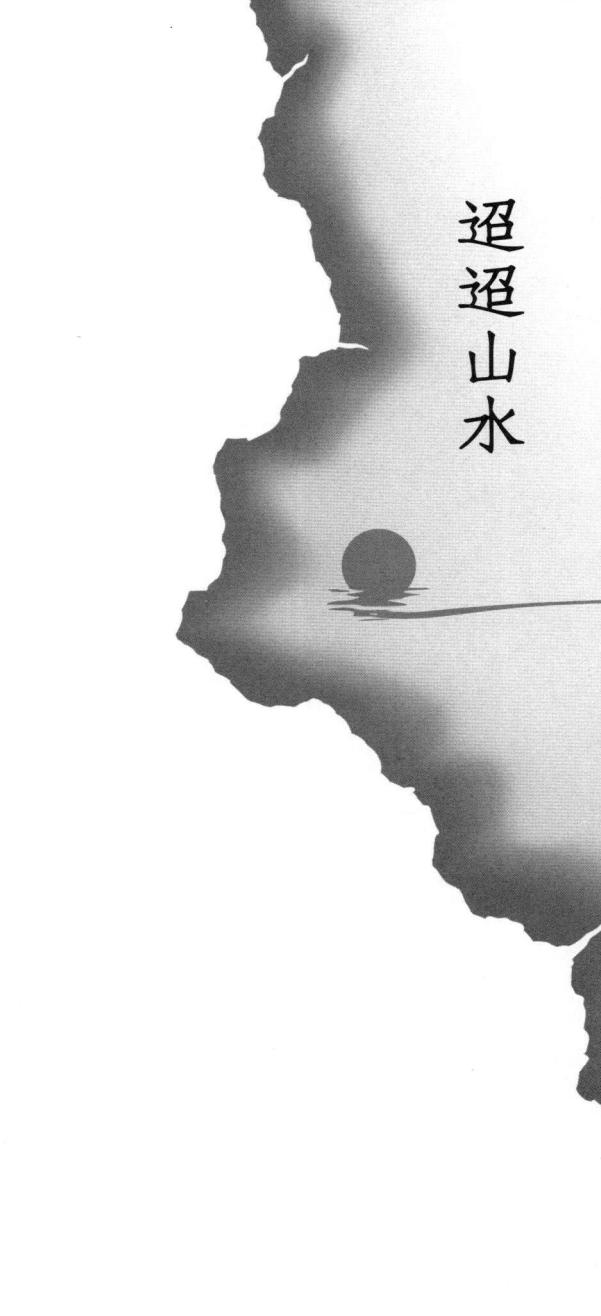

迢迢山水

老家小山村里的小学时光

我小学前的记忆是一片空白，小学时期的回忆也是断断续续的一些片段，且比较模糊，时间先后也很难分清，就把尚在我脑海中的片段先写下来。

我是从1977年9月开始读的小学，五年制，1982年6月小学毕业。

学校坐落在我的老家——浙江省兰溪市与浦江县交界的一个一百来户人家的小山村的村口。学校的主体建筑是一排L形的黄泥平房，外墙是裸露的黄泥墙，房顶盖的是青黑色土瓦。L形长臂顶端的一间房是厕所，前面有两个空的门洞（没有门板），各为男女如厕服务。厕所的中间用木板隔开，木板两侧再用木头做了三五个坐坑。男厕所在靠外的这一侧，其内还有小便槽。女厕所靠里，靠近教室这一侧。为了节约，男女厕所中间的隔板只比成年人稍高一点，其上到房屋顶之间都是空的，没有东西隔离。厕所里没有水，坐坑的空洞上也没有盖子。冬天还好，夏天就会变得很臭，且会有蛆虫爬出坐坑下方的粪坑，在厕所的地面横行，甚至爬出厕所。

在L形长臂的这一排房屋的中间一间是教师办公室，是唯一一间内墙用白粉粉刷过的房间，中间放有两排办公桌。小学有老师五六名，每个老师都有一张办公桌，校长、教导主任没有单独的办公室，也在同一间大办公室办公。靠墙放有一两个简易木橱，里面放有粉笔、粉笔擦、木三角尺、大圆规、地球仪等教学工具，有时候还放几块有点硬胶或光板的乒乓球拍。

L形土房的长臂和短臂的连接处是一个简易的小食堂，是给一两个从外村来的老师蒸饭用的。很简单，好像就只有一个灶台，一个盛水的大缸，一堆干草木。

　　教室好像有四五间，每间的空间还是挺宽敞的，内墙没有粉刷，有木门，装有带透明玻璃的窗户，没有窗帘。教室里的简易木书桌、木长凳是邻近山村的几个木工做的。木书桌桌面不是很平整，有很多小坑，有的甚至有裂缝，写字时需要在下面再垫本本子。桌子的大小高低也不是很一致。放寒假和暑假时，我们几个不同年级的男孩有时会凑起来去学校打乒乓球，需要把几张书桌拼起来当乒乓球桌，但因书桌高低不一样，打起来后它的影响甚至会超过技术，所以印象深刻。在教室前面墙上的正中位置划出一块宽一米五、长三米左右的长方形，用水泥抹平，再涂上墨汁，就是黑板。

　　教室前面有一块黄泥平地，长约八十米，宽约五十米，就是操场了。操场的一边（教室对面）有一个沙坑，供跳高、跳远用。跳高的用具是两根木桩及一根细竹竿，跳远的用具则是一块嵌在泥地里的木板。对我来说，操场比教室更有记忆。早上我们在操场做操，课间十分钟在操场打闹，体育课在操场跑步、跳高、跳远、扔"木柄手榴弹"。我的跳高和扔"手榴弹"的水平较高。小学四五年级时，我曾去参加过镇（当时还仍是公社）里举行的小学生运动会，拿过跳高第一名。但若下雨，体育课就会跟操场一样浸水泡汤，改在教室上文化课，我就会很失望。

上学的日子里，我每天七点左右起床。小学一到三年级时，我一起床就有我那慈爱的奶奶将烧好的稀饭盛在碗中看着我吃。奶奶去世后，早上我妈抱着放在我家寄养的小表弟还在睡觉，我只能自己起床烧火做猪油炒饭吃。因我们村不大，学校就在村口，我出家门快走或一路小跑大概五分钟就到学校了。我们一个年级大概有十几人，因人数少，老师也少。我记得有一年（大概是一年级还是二年级），我们是跟上一年级的学生合在一个教室里上课的。一节课上，老师给我们这两个年级的学生轮流各讲半节课，还有半节课的时间学生自己做作业。

学校要求早上八点前到，上午有四节课，每节课四十五分钟，课间休息十分钟，中午午休大概一两个小时。

上午的课一结束，我们就飞奔回家吃中饭，有时候还跟小伙伴比赛看谁跑得快。老师一般都是同村或邻村的，大多数也是回家吃中饭的。下午一般是两节课，放学后我们也是背着书包飞奔回家。

那时家庭作业很少。语文一般是当天新学的那一课的词语抄写，算术就是二三十道题目的简单计算，一般来说半小时就可做完。我做完作业后，就是玩或带我小表弟。我在兄弟姐妹五人中最小，也最顽皮，现在还经常能听到二姐说我的糗事：我有一次把人家自留地里种的蔬菜全拔出来，然后自己再种一遍；有一次我穿着我妈刚给我做的新裤子，在山坡上用屁股撑地下滑玩，把新裤子磨出了好几个大洞；过年前家里买了十斤红糖放在二楼的陶罐里准备用来做冻米糖，我却带领几个小伙伴偷吃精光……所以，小时候我一般三天内必挨我妈的一顿打。

晚饭一般天一黑就吃了。我小学一、二年级时还没有电灯，后来村里装上的电灯也是用最小瓦数的灯泡，昏黄的灯光只能够看清周围，根本没法儿写字，我父母也从来不要求我们晚上看书写字（虽然节电省钱才是主要原因）。我晚上一般会先玩一会儿或缠着爷爷讲故事听，然后九点左右就上床了，睡眠非常充足，每天能睡九至十个小时，睡不着时就跟小表弟在床上打闹一番。

我小学一、二年级时感觉自己学习一般。那时学的新字，我连起来认能很快说出来，但一个一个认就认不出来。这种情况不小心被我爸发现了，他是镇里所有小学的总校长（镇中心小学校长兼镇教育干事），便把此事告诉了我的任课老师，而后打了我一顿。后来在学校和家长的共同努力下，我花了些时间改正了这缺点。算术，特别是口算，我不出挑，在班里最多是中上，成绩在好几个女生的后头。大概从二年级下学期开始，有了应用题，我的算术成绩一下子提高了，走到了班级前列，后来我的成绩便一直在班级里独占鳌头。每学期开学第一天，我妈都会给我煮两个鸡蛋。这鸡蛋都是自家养的鸡下的蛋，一般都不舍得吃，要卖给小贩换钱作日常开支，平常我们只有在开学第一天或生病、拜年走亲戚的时候才有的吃。我妈会把蛋壳染红，等我放学回来后用红鸡蛋在每本新书里滚几下，祈愿考试考一百分。这仪式结束后，我一边吃着金贵的鸡蛋，一边在母亲的帮助下用报纸给书包上书皮。期末时，我都能把"三好学生"的奖状带回家，给清苦生活的一家人带来快乐。爸爸妈妈也会把我的奖状贴到醒目的一面墙上，和每年的奖状贴在一起，整整齐齐。人家一来我家就能看到那一墙奖状，都夸奖我。我最开心，我爷爷奶奶、父母兄姐也很开心。

小学时期相关的人，说说我爷爷奶奶、我表弟、我兄姐。

我爷爷个子不高，是兄弟五人中的长子。爷爷小时候，我们大家庭在村里算是家境好的。他十岁①时娶了邻村十一岁的我奶奶。爷爷奶奶两小无猜一起长大，相敬

———————

① 编者按：依循当地习俗，老一辈的年纪按虚岁计。

相爱。在我小时候的印象中，他俩彼此之间很少对话，但我从来没看到过他俩吵架。爷爷平时沉默寡语，不善言谈，但干活很勤快，从来不偷懒。不管是在之前的生产队还是后来的分田到户，爷爷都是干活的一把好手，是耕田能手。我记得爷爷还曾获得过生产大队里的"劳动能手"之类的奖状，但没有贴到墙上去。

大姐出生后，爷爷就蓄起了山羊胡子，他说有孙辈了，做长者了，就得有长者的风貌。我小时候最喜欢爬到爷爷的怀里去抓他的山羊胡子，他不恼，只是连说着"唉——唉——"，开心地躲来躲去。爷爷很早就没有牙齿了，因此当他去吃酒席时就喜欢吃肥肉，蒙着嘴巴一口一口地咬。看着油从因没牙而闭不紧的嘴巴里流出，流到随着用力咀嚼而一动一动的山羊胡子上，是我小时候觉得很好玩的一大趣事。我读小学时，晚饭后到睡觉前的最开心的事，就是缠着爷爷给我讲故事，可惜那些故事的内容我现在记不起来了。

爷爷是在我读高二时的那个冬天去世的，终年七十七岁。

奶奶小时候裹了脚，有一双三寸金莲，十一岁嫁到我家后一直任劳任怨地操持着家务。爷爷年轻时，五个兄弟还未分家，奶奶就是妯娌中的大嫂，干活主动且话少，我也从来没听说过爷爷的几个弟弟弟妹对我奶奶有意见。分家后，奶奶一如既往地一心操劳家务，家里的吃食也都是奶奶做的。我听我妈说，在三年困难时期，每天奶奶做饭，一顿会做两种吃食。米和野菜一起煮好的饭会给我爷爷（他要干农活）及我妈和我几个哥哥姐姐吃，她自己再单独做一份基本都是糠和野菜混煮的饭。我记忆中的奶奶大多也是她在灶台边忙碌的样子。

我表弟来到我家后跟我妈睡一头（我爸在镇里学校教书，平时睡在学校），我自己睡另一头。奶奶看出我很不开心，便极力劝我跟她一起睡。冬天睡觉时奶奶还会一直搂着我睡，但睡了几天，我还是想妈，便又回去还是睡在我妈床上的另一头。我妈经常会给表弟各种好吃的，奶奶便总是会想办法尽可能偷偷留一点下来，等我放学后再偷偷给我。

我妈脾气不好，而我小时候又很顽皮，一般来说每两三天就会挨一次揍。我挨揍时，奶奶就是我的救星。她一看见我挨揍，就心急火燎地赶过来，用自己的身躯替我抵挡我妈打我的小木棒或竹枝、荆棘。但是，不懂事的我，当有一次放学回家看见奶奶在吃棒冰（小时候五分钱一支的白糖棒冰是稀罕物），而我没有时，就开始不依不饶地哭闹起来。其实，是那天下午小贩来村里叫卖棒冰，我妈买了一支给我留着等我放学回来吃，但因天热又没冰箱冷冻，买的棒冰都快融化完了而我还没放学回家，我妈就叫从来没吃过棒冰的奶奶吃掉。奶奶看着我的哭闹，心里很难受，不断说都是她不好，等下次卖棒冰的小贩来了一定给我再买一支补上。现在想想，小时候的我是多么不懂事啊，真后悔！

奶奶的娘家有好几个兄弟，有几家日子过得清贫，有时候会来我家求助，奶奶和爷爷总是笑脸相待，做好吃的，借钱借物给他们。

　　奶奶是在她七十一岁的那个冬天去世的，那年我读小学三年级，当时的情景现在仍历历在目。那天我放学回家，还没进家门，按惯常先喊奶奶，但却没听到奶奶的回音。我走进主屋，看到奶奶站在灶台旁，手扶着灶台，眼睛发直。我走到奶奶身旁，再叫了声奶奶，还是没有回音，但奶奶的身体晃了晃，像是要倒下的样子。我赶紧拿了张凳子扶她坐下，她坐下后头靠在灶台旁，还是不说话，也不跟我交流。我知道出事了！我飞奔出门，先喊隔壁的婶婶，请她去我家照看一下奶奶，然后再飞奔去村里几户我妈经常会去串门的人家找我妈。果然，很快在一户人家家里看到我妈带着我表弟正在跟人闲聊。我一把抓住并拉扯我妈的衣袖，急促地叫我妈回家。我妈说："怎么了？"我又用更急促的声音催她回家。我妈不明白发生了何事，又问了一遍："什么事啊？"强忍着不哭的我哇的一声大哭起来，抽泣着说："奶奶不会响（说话）了！"然后我就一直大哭，抽泣。那时医疗条件差，虽然我爸也很快从镇里学校回了家，请了村里的医生来给奶奶挂盐水，但奶奶一直不会响，两三天后我那慈爱的奶奶就永远离开了我们。

爷爷奶奶是跨越新旧社会的人，为人正直，夫妻之间相敬如宾，对子女孙辈爱护有加，与邻居和睦相处，对亲友关心帮助。我想我们五个兄弟姐妹能有今天的幸福生活，也是我爷爷奶奶做人好的福报。写到这，我不由得泪流满面，我想爷爷奶奶了！

我表弟是我小舅舅的儿子。小舅舅从小没了父母，是在我家长大及考上大学的。大学毕业后，小舅舅到金华工作。小舅舅和小舅妈是双职工，而小舅妈娘家在杭州，表弟没人带，于是我妈就毫不犹豫地承担起了带我小表弟的责任。表弟出生二十个月后来到我家，圆圆的脸蛋，大大的眼睛，时髦的穿戴，憨憨的神态，可爱极了。我妈对他很照顾，不仅将小舅舅拿来的、只有城市里才有的吃食都只给他吃，我家里好吃的东西也是给他吃得多，我吃得少。且他还抢去了我跟我妈睡一头的权利。虽然表弟的到来让我多了个很好的玩伴，但我仍记

得当时自己小小的心灵里装有多少羡慕和嫉妒。特别是
当我跟他抢东西吃（当时农村的吃食是比较短缺的）时，
当我跟他玩但不小心把他撞倒或他自己摔倒或玩的树枝
等物误伤到表弟时，我挨我妈的一顿打是逃不掉的。因
我妈说，表弟是小舅舅托付在我家的，我们必须要照顾
好他，不能让我小舅舅和小舅妈担心。我被打后，心里
的羡慕和嫉妒就会更浓，有时便会在和表弟出去玩的时
候趁机掐几下他的大腿。憨憨的表弟，过一会儿就会忘
记我的恶作剧，回家后也不会告诉我妈。但有时候，他
也会想起来告状，那我就又挨一顿打。表弟在我家待到
他要念小学的年龄时，小舅舅就来把他接走了，他基本
陪伴了我的整个小学阶段。

我有三个姐姐，一个哥哥。

大姐比我大十五岁，我对她的记忆是从她结婚的那
时候开始的。我家的邻居介绍他丈母娘家村里的一个小
伙作为我大姐的结婚对象。此小伙领到我家后，我爸妈
看他个子一米七左右，相貌还算俊朗，高中毕业，在他

们的公社里负责开中型拖拉机，是家里的独子，且他们村田多、产粮多，就应了这门亲事。大姐也没反对，这事就定了。大姐结婚时我还在读小学一年级。还记得结婚前一天，爸妈给大姐准备的嫁妆（请木匠来家里打的简易家具以及床上用品，还有一辆永久牌的二八自行车）都已用拖拉机运走。大姐结婚那天下了很大的雪，一大早，大姐夫就开着中型拖拉机来我家接大姐，我哥作为小舅子跟着送过去。我很羡慕我哥能去送新娘，而我不能，估计都羡慕得流了眼泪。

大姐夫家距离我家大概有十五里地，走近路的话需要翻两座山。当时，村口只有机耕路，不通公交车，村里也没有一户人家有车（包括小汽车、摩托车），所以，无论去哪儿基本都得靠两条腿。小学三年级前，因我人太小走不了远路，去大姐家拜年只能是个梦想。所以只有大姐和大姐夫回家拜年的时候，我才能看到大姐。后来听我妈说，大姐夫回他村里说，我这小舅子很调皮，吃饭都会爬到桌子上去。小学三年级后，我腿脚有力气了，拜年时就可跟着二姐、哥哥、三姐去大姐家拜年了。大姐夫家所在的村庄，到底比我们村富裕。到他家拜年，不仅能有两个荷包蛋吃，而且装荷包蛋的碗里还有豆腐皮。他家的正餐也比我家请客丰盛，大姐夫的父亲还会夹鸡块和杨梅果（外面粘有糯米粒的有甜馅的米果，表面染成红色）给我吃。小时候去亲戚家拜年时，出门前我妈会反复叮嘱我们不能去碰桌上的那碟鸡肉免得人家尴尬。因过年一家人绝大多数情况下只杀一只鸡，若鸡肉在拜年的前几天被吃掉几块，后面几天就端不出满满的一碟鸡肉了，所以那碟鸡肉一般要等过完年，亲戚拜年拜完了才能吃。大姐也是给我压岁钱最多的，去其他人家拜年的压岁钱一般只有一块，两块算多的，而大姐最少会给我五块，后面几年变成十块、二十块。虽然一回家就得把压岁钱上交给我妈，但春节期间一共挣了多少压岁钱，是小学时期小伙伴们彼此间比来比去的一个重要项目啊。因大姐家的米粮比较宽裕，我每年暑假一般都要去她家混吃一两周。大姐家早上烧的粥很稠，很好喝；中午常会直接用米烧饭，好吃；有时候晚上包馄饨，馅里有新鲜的肉馅和豆腐，更好吃。

二姐，从邻县的一个乡里高中（因那时候同一个家庭的几个小孩当中只能有一个读高中的名额，大姐小学三年级读完后就辍学到生产队里劳动挣工分了，读高中的名额留给了我们家的长子我哥，因此二姐便被安排插到邻县去读了高中）毕业后，如何安排她的工作成了我父母的一个心事。一个高中毕业的大姑娘，到生产队劳动，面朝黄土背朝天总不是个事。那时，改革开放的春风已吹到我的家乡，公社已改成镇，还要办一个丝绸厂。镇里给每个村一个到丝绸厂做工人的名额。经历过的人应该都知道，那一般是给村书记的适龄女儿的。我那一直思想先进、大公无私的老父亲为了能让女儿去厂里工作，厚着脸皮去求领导再给我村一个招工名额，再跟村里的书记说好话，于是二姐终于如愿进了镇里的丝绸厂，做了一名纤经工。二姐在丝绸厂的工作是三班倒的。若轮到早班就一早早早地去；轮到中班就下午三点去，晚上十二点下班后就睡在厂里，第二天早上七点左右再回家；轮到夜班，她便提前吃好晚饭，在天黑前出门去厂里，第二天早上下班就回家来睡觉。二姐回家时常哼着歌，回厂也是一路小调，日子过得很开心。

到了二姐谈婚论嫁的时候，我爸已在他主建的镇初中里当校长，学校里的一个瘦高的男青年老师向他表达了对二姐的爱慕，得到默许后，他就趁周末来我家干农活。二姐好像也愿意和他在人少的地方说说话。我家里养了两头肥猪，养大后需要叫人帮忙绑在独轮车的两侧推去卖掉。此青年老师便主动争取，一个人推着独轮车驮着肥猪去镇里的农产品收购站卖掉。我蹦蹦跳跳地跟在后面，等肥猪卖掉拿到钱后，青年老师便领我去镇里的大饼油条店喝了一碗热乎乎的咸豆浆，吃了一份葱油大饼夹油条，那是我至今仍很有印象的人间美味。二姐对此男青年老师也比较中意，恋爱谈了大半年，便决定嫁过去。二姐出嫁前，村里的人常在我家门前调侃我，说这次用抽签决定是我哥还是我作为小舅子陪送新娘。

婚礼那天，村里的人手里抓着一长一短两根小木棍，若我抽到长的小木棍，我就有机会送二姐出嫁。但那人每次都故意死死地抓紧长的，让还在读小学的我拔不出来，于是一连抽了十次，每次拔出的都是短的小木棍。这可把我搞恼了，大家却哄堂大笑。当然，最后还是已成人的我哥送二姐出嫁的。

我哥在我们兄弟姐妹中排行老三，是长子，我跟他相差九岁。他是在我们镇里的中学读的高中（两年制）。听我哥讲，他高中学的数学、化学知识都很简单。那时的物理课，还不叫物理，叫机电课，不教物理基础知识，只教拖拉机工作原理及如何用杠杆原理把拖拉机拖出泥潭等实用知识。他高中毕业那年是国家恢复高考的第一年，即1977年。1977年，在大家都不知道要恢复高考的情况下，国家突然宣布11月份举行高考。因此，此次高考试卷的大部分题目我哥看都看不懂，更不要说答题了。毫无悬念，他落榜了。于是，他便回村里一边到生产队务农，一边在家复习备考。我爸通过各种途径给他买了一些辅导书，让他晚上认真自学复习。哥哥白天辛苦挣工分，晚上还要在昏黄的白炽灯下刻苦自学。我小时候经常听到奶奶说哥哥晚上看书的灯熄得很晚。（奶奶一是心疼大孙子的身体，心疼他白天干重农活晚上还要学得这么迟；二是心疼电灯点到这么晚多费钱啊。）哥哥白天带着黑框厚玻璃眼镜干农活，汗水不断滴到镜片上，他就得经常掀起衣角擦拭镜片。村里人经常会取笑他是不顶用的书生，做不了"十分"的劳动力。脾气不太好的母亲也会不时地数落他。在家复习了几个月，哥哥便紧接着又参加1978年夏天的高考，但还是因基础太差而名落孙山。父亲想争取让哥哥到兰溪县里的好学校去复习，但不够格，最后只能到镇里的中学去复习，不过父亲想办法给他在镇小学找了个小单人宿舍。哥哥拼命苦读，基本上每晚都学习到十二点。

1979年夏天，哥哥第三次高考终于金榜题名，成为我村历史上第一个大学生。我非常清楚地记得，当录取通知书送到家里时全家人的欣喜若狂。那是1979年暑假快结束的时候，录取通知书是邻村的一个老师捎来的，他面带微笑地来到我家，拿出录取通知书，告诉我家人我哥被浙江农业大学环境保护专业录取了。我妈热情地给老师让座泡茶，奶奶在灶台边转来转去，高兴得手足无措。在那时，考上大学就意味着有铁饭碗了，村里人看到我家人都会流露出羡慕的神情，亲戚及邻坊都拿鸡蛋、手工面等来贺（如嫁女儿一般隆重）。这些场景对我的触动很大，我强烈地感受到考上大学原来这么威风，心里暗暗发誓我长大后也要考上大学。

哥哥去了省城读大学，只有暑假、寒假回来。每到他快要回来的前几天，我就像盼过年一样盼他回家。哥哥回来的当天，我更是会在心里想象，他大概何时在邻县的火车站下火车了，他搭长途汽车大概何时到临时停靠站了，他大概还有多少时间可走到家了。哥哥回家时，会带着在农村人看起来很稀罕的收音机回来。他喜欢听长篇小说的连播及时事新闻，我还小不太懂，但也跟着了解些外面的世界。后来，我长大了一点，就能跟他和父亲有些讨论。特别是，每年正月里村里搭台演戏，戏台的对联必是我父亲创编及书写的。戏台的对联可反映写的人的水平，也代表着一个村的水平。我哥和父亲会根据时事反复构思推敲，不时讨论，我也凑在一起添添乱，是极为美好的回忆。

我三姐比我大六岁。她皮肤白皙，长得比较清秀。我读小学时她正在念初中和高中，一直住校，因此对她的记忆不多。三姐比较文静，读书很好，像极了大家心目中的乡下殷实、有点文化人家的乖乖女。她学习用功，每学期期末都会拿"三好学生"的奖状回来。本来，大家都估计她会是我家的第二个大学生，但是在高中的最后一年，她患上了严重的头痛病，学习成绩急剧下降，但她还是坚持学习，参加了高考。很可惜的是，她的高考成绩离分数线只差两分。三姐的状况，也让父亲动了早退休进而让她顶职做老师的念头。三姐对我很友善，我小学时贪玩，对学习不太上心，每次临近期末时她都会提醒我收收心，叫我考试前好好复习。她的提醒，有助于我的小学成绩一直名列前茅。

　　小学时期的玩和劳动。

　　那时，小学放学早，课外作业不多，也绝对没有兴趣班之类的课外辅导，所以不用学习的时间较多，有时间玩。但其中的很多时间也是需要帮家里做些事的。

　　男孩和女孩从稍懂事起就不在一起玩，也基本不互相说话，男孩跟男孩在一起，女孩跟女孩在一起。如果能碰上公社放映队来村口晒谷场上放电影的话，傍晚早早地从家里拿长凳、短凳去晒谷场上占位置就是每户人家男孩女孩的共同职责。玩，对女孩来说，可踢毽子、跳长绳等，也可在地上画数个连在一起的格子，整体如"T"字形，用来扔瓦片、跳格子。男孩玩的包括：追逃，选中一人追，其他人逃，被抓到的人成为接下来的追者；捉迷藏；赢香烟壳，先把香烟壳拆开摊平，折叠成两三厘米乘七八厘米大小的长条，中间留有一条中折线，而后两人各出一张烟壳，价格高的为先手，把两个烟壳用力摔在地上，再用手扇一下，若烟壳中间的折线部位翻到上头就算赢了，这张烟壳就归赢者所有；请大人帮忙或自己动手用木头制作短枪、长枪或大刀、剑，玩打仗游戏；用自制弹弓打麻雀；在竹竿一端绑上一个网袋，晚上用此网袋罩住泥墙上的洞，再用一根细竹竿捅此洞，歇在泥墙那些洞里的麻雀就会受惊飞出来，刚好飞进网袋里被抓获；自制鱼竿钓鱼。我们还会用各种方式在小溪里抓鱼，如：用在供销社里买的半月形的小渔网网鱼；把咸肉骨头放在篮子里引诱小鱼，等多条小鱼游进竹篮了再快速提篮；用从供销社买来的药药鱼；拦起一段溪水后把水舀干再抓鱼；把溪潭里的水搅浑，再伸手到溪岸的石头洞缝里摸鱼；等等。有时还会几个人合伙偷人家果树上的水果，但往往最后都会露馅，人家问清楚后就到犯事的小孩家里来问罪，小孩被自己家长暴打一顿是免不了的……

　　但一般来说，小学时期的我们每天也都要帮家里做事。带弟弟妹妹是理所当然的。与此同时，一般每家都会养猪、养兔（养大后卖给供销社挣的钱是一家人的重要收入），割猪食、拔草喂兔便成了小孩们被内定的任务。有时还需要扫拾用来烧饭引火的松针或落叶，跟大人上山砍柴，帮大人一起给自留地里的菜或瓜果浇水等。待生产队里的稻谷收割后，小孩们还要挑着家里养的鸡去吃掉落在田里的稻谷，并在天黑前和几个小伙伴一起合围抓各家的鸡入笼再挑回家……

小学时期的吃及节日。

民以食为天。我的小学时期处于改革开放初期，生活物质资源还比较匮乏。小孩们又都是吃货，对吃食以及和吃食密切相关的节日，记忆比较深刻。

我们小时候一天吃四顿，跟食物没啥营养以及繁重的农活需要大量能量有关。早上是吃粥，做法跟现在的熬粥不一样。早上会把早饭、中饭的米一起下锅，水开后把大锅中绝大多数的米捞起放到竹篮里，悬挂到挂在半空的钩子上。米汤再继续熬一会儿就是早饭吃的粥

（很稀薄，含米量很少），配菜包括蒸熟的梅干菜（基本没有油或加少许猪油，并且其中肯定是没有肉的），以及各式萝卜制品、豆腐乳、黄豆酱，冬天还有冬腌菜，都是自家制作的。萝卜制品的花式有很多，包括萝卜干、萝卜丝干、萝卜片干、酒糟萝卜块、酱萝卜块、和冬腌菜一起腌的萝卜块等。能干的家庭主妇就以此换着花样做早上的配菜。中饭就是将早上捞起的半熟的米放进锅里再加少许水煮熟。我至今不明白老家当初为啥要这样做早饭、中饭，不好吃啊！可能是为了节约用米，或为了节约中午煮饭的时间？不得而知。中午的配菜比较丰富。时鲜菜按季上桌，雪菜煮冬笋、春笋，盐煮四季豆、长豇豆，炒煮苋菜，蒸茄子，盐炒番薯条或土豆条，酱油煮茭白，等等。煮青菜或黄芽菜是最常见的一道菜，菜量一般也最大。它的做法是先将水烧开，再放入切碎的青菜（过年期间还会再放些自家做的盐卤豆腐），水再开后把大部分水舀掉，加盐及少许猪油，就算做好了。一天里吃的第三顿叫点心，一般是煮熟的番薯加芋艿，或很粗糙的玉米糊。吃玉米糊时，通常会先吃碗中间，然后顺着一个方向捞着吃碗边的部分，吃完后碗干干净净的，不沾一点点玉米糊。大家吃完都喜欢比一比谁吃的技术高，谁的碗干净。但番薯、芋艿吃多了，很容易反酸水，我们老家叫"绞清水"，也容易得胃十二指肠溃疡。晚饭一般来说是手工面。一大锅水烧开后，手工面先下锅，烧开后放入青菜，或苋菜、咸菜、土豆片，再等水烧开，盛出。汤面里浇点酱油猪油汤，大人、小孩"呼啦啦"，每人一两碗轻松入肚。

平时一天基本吃素，只有菜里加的猪油是荤的，也没有肉、蛋、鱼等荤菜。若家里来客人，就把一楼楼顶上挂着的风干肉或腌肉拿下来切一点蒸一盘。一般人家平时很少有猪肉吃，只有过年杀一头自家养的猪（大部分猪肉都会被卖掉，仅有猪头、猪尾巴、猪下水及小部分肉留着自家吃）才能吃到。自家养的鸡下的蛋也主要是用来换钱的，一般只有过年或家里有人生病、受伤的时候才有得吃，所以我们小时候常盼望生病，生病了就有香喷喷的鸡蛋吃。鱼是村里的几个鱼塘里养的，春节前生产队组织把鱼塘水放干，把鱼抓起来后，在晒谷场上分成几堆不同等次的，每户人家可分得一堆。人口相同的家庭在同一档，抓阄决定分得哪一堆。一般只有鲢鱼、鳙鱼，掺杂几条鲤鱼、鲫鱼，拿回家一般都用来熬鱼冻。先把鱼切成小块，用菜油煎至半熟，加比较多的盐及少量生姜、辣椒，再加大量的水熬煮，之后盛到大盆里，放到露天的窗台上冻上，吃时捞盛一碗上桌。

　　父亲是老师，他每月有固定工资（我小学时期，他每月工资有四十二元左右）。但我家劳动力少，平时只有三人在生产队劳动，爷爷是整劳动力，大姐和我母亲是女的，各算大半个劳动力，而吃饭的嘴巴多，爷爷奶奶、爸爸妈妈及我们兄弟姐妹共九口人。因此，父亲的工资主要用来交缺粮，即一个家庭所有成员在生产队劳动挣的工分计的年产出减去生产队每年分给该家庭的稻谷、小麦等物的缺额，剩下的钱才能用来维持全家日常的基本开销。母亲处处精打细算，有时还捉襟见肘，但父亲还是不定时地会给我们买点好吃的。所以我小时候大概每个季度可以吃到猪肉，用盐再加少许酱油炒的新鲜猪肉便是我记忆中小时候最美味的佳肴。我家养的鸡产的蛋，大部分被卖掉，不过母亲有时候也偶尔会叫奶奶做鸡蛋羹给我们吃。中午蒸饭蒸到一半，在搪瓷大碗里打入一两个鸡蛋，尽可能多加水打匀，放到饭上一起蒸。吃时再加点猪油、酱油，也是人间美味。托父亲的福，我小学时还吃过人造肉、香榧（我们叫"炒榧"）等稀罕物。每次吃过后，我就到小伙伴面前炫耀，引出他们的一嘴口水。

虽然我们平时吃的清汤寡油、粗菜淡饭（有时候菜实在差，酱油拌饭对那时候的农村小孩来说都是很幸福的选择），但碰到节日，伙食还是会有很大改善，所以我们小孩都很盼望过节。

清明，母亲和奶奶会做清明粿。在大米中加入小比例的糯米，磨成米粉，再加入一种叫"青"的植物（即艾草）的叶汁做染色，蒸熟后用模具按压成饼。老家的清明粿是实心的，里面没有馅。每逢清明等重大节日，家庭主妇还会做一大锅豆腐。将豆腐切成三四厘米大小、厚约一厘米的方块，两面用菜油煎至焦黄。焦黄透白的煎豆腐和嫩绿色的清明粿是清明当天祭拜祖宗的主要供品，装进只有过节的时候才拿出来用的漆过的食盒里。爷爷用一把锄头挑着食盒，傍晚时带着我们几个小孩去祖宗坟前祭拜。爷爷点香叩首，焚烧纸钱，呼唤祖宗来享用供品，同时请祖宗保佑我们全家平平安安、身体健康，保佑小孩读书好。我们兄弟姐妹在边上站成一排，每人手握三支清香，一本正经地跟着爷爷拱手叩拜。吃晚饭前，煎豆腐、清明粿及一家人晚上要吃的其他食物被摆上八仙桌，爷爷带我们兄弟姐妹再焚香烧纸、叩拜祖宗，请祖宗先吃，纸钱焚灭后就轮到我们一家人享用了。

立夏时节，老家会做乌米饭。母亲或大姐、二姐会去山上摘一种灌木的叶子，用其汁水和糯米混合烧饭。紫色的乌米饭，好看，还有一股特殊的清香，我们小孩子都爱吃。在立夏当天，每家都会在家门口附近的地上支锅烧饭。用几块石头围住三边，剩下一边空着塞柴火用，石头上放一口铝锅或铁锅。烧饭时锅里不单放米，还放新采摘的豌豆、佛豆等，家境稍好的再切点咸肉丁进去。我们小孩子全程都很开心，找石头垒灶，捡干柴烧火，等锅里飘出香喷喷的豆饭味时忍不住掀开锅盖看看有没有煮熟，最后端着饭碗一边比谁家的饭好吃一边打闹。

　　端午，留下美好回忆的是香包和粽子、咸蛋。快到端午节时，母亲会用一些碎花布给我们小孩做小香包，多会缝成小老虎的形状。老虎的眼睛和嘴巴是用黑线绣缝的，老虎的肚子里则装了雄黄等药材，寓意辟邪。母亲的手工不错，我们脖子上挂着母亲绣的精美的香包，心里很自豪。粽子都是自家包的，没有馅，但各家主妇还是会各显神通。糯米和大米的不同比例可微调口味，也可做往糯米里加豌豆、赤豆的豆粽，还有一种是老家的灰汤粽。在水中加入草木灰，搅拌，再过滤掉草木灰的固体成分，用此灰汤拌糯米，做出来的灰汤粽呈淡黄色，有一股特殊的香味，口感颇佳。咸蛋当然也是自己家腌的，做法其实很简单。把鸡蛋、鸭蛋擦洗干净，阴干备用。水里加盐，煮沸放凉，取一陶罐，灌入盐水，再放入鸡蛋、鸭蛋，而后在盐水表面放一层棕毛，棕毛上再放两三颗小石子，以防蛋浮出盐水水面。腌一个月左右取出，煮熟即可食用。那时，我们一人能有四五个粽子，咸蛋每人能分到两三个。

中秋，能吃到月饼。是从供销社买的，没有广式、苏式的，没有蛋黄、五仁的，只有旧式月饼，一筒十个，用油纸包着。月饼外面是面粉烤的酥皮，里面是芝麻粉及白糖。月饼的一面通常会贴一张油纸，小时候父亲跟我们说，这是因为古代农民起义时会将写有起义相关信息的纸贴在月饼上传递。

传统气息较浓的老家，秋收冬藏后迎来了冬至。这自然也是主妇们做好吃食，男人们挑着祭品，带领小孩去坟前祭拜祖宗，回家后再祭拜祖宗，而后一家人享受美食的时刻。吃食中，一碗油煎豆腐块（同清明）必不可少。其他的如煮青菜豆腐，或也可能会借祭拜祖宗的名义去镇上割点新鲜猪肉，用盐煮或用盐和酱油炒，大解口馋。

过年，是一年中我们小孩最盼望、最解馋的一段时间。一进入腊月，一家人就开始为过年动手准备了。年前要做的事有很多，如跌（打）年糕、做手工面、烘火糕、做冻米糖、杀猪、做豆腐等。

跌（打）年糕：把糯米、大米都磨成粉，按一定比例混合（糯米加得多的话年糕更糯，但糯米比大米贵，一般人家不舍得多加糯米）后，放在大蒸桶里蒸熟，然后抬到村里的石碓房里捶打。将蒸熟的大桶米粉倒入大石臼里，几个大人（大一点的小孩也很愿意加入其中）站在石碓架上，一起用力踩一根粗长的木头，利用杠杆原理，让这木头带动嵌在顶端的石碓头一下一下捶打石臼里的熟米粉。两个大人蹲在石臼的边上，捶打一次就赤手翻掀一次石臼里的熟米粉。经过多次捶打，熟米粉变成黏糕团，捶打次数越多越黏。再把此黏糕团快速拿回家，切成一条一条的，在变凉前揉搓成各种形状，如长条状、元宝状，就做成了年糕。大人在揉搓年糕时，小孩也爱凑热闹，可做个小猪、小狗形状的年糕。大人们也会揪一小团尚热的年糕塞到小孩嘴里以满足他们贪吃的愿望。

做手工面：在前一天晚上要先认真听广播中的天气预报，确定第二天天晴才行，但我小时候的天气预报很不准，只能再加上老人的风湿关节有没有痛才能判断得更准确一些。加盐和面（利于保存），面要和得潮一点，再搓成粗条状，表面涂上菜油（这样就不会黏在一起），摆在大陶盆里，盖上盖子，放一晚上。第二天，母亲会起个大早，把粗面搓细，交叉盘在两根长约三四十厘米的细竹竿上摆成一副面。一大陶盆面团可做几十副手工面。之后，再拿到室外晾晒手工面的晒架上，让每副面的一根细竹竿插在晒架的顶梁上，把面拉直后，再将另一根竹竿插在晒架的基座上，经过半天冬阳的照晒，即成手工面成品。

烘火糕：在大米粉中加入少许糯米粉，蒸熟，搅拌并压切成条状（家境好的家庭可再加点芝麻或糖渍的橘子皮），再切成薄片状。在一口破旧大锅里面放入木炭，点火烧红，在大锅上方放一个铁筛子，把切成薄片状的米糕放在铁筛子上用炭火烘烤。米糕片烘烤时需要多次翻面，初为白色，等烘成淡淡的焦黄色时，就成为香脆的烘火糕了。

做冻米糖：此道工序较复杂些。麦粒加水放几天，出嫩芽后放进大锅里熬出麦芽糖水，备用。将熬过的出芽麦子捞出，挤成圆球状，叫糖糟，是给小孩及牙口不好老人的美食。大米炒成几种米胖（有硬的、有发胖较松软的）备好，也可炒点黄豆、芝麻、花生等，黄豆一般会被掺入米胖中，芝麻可和花生混在一起做高档的冻米糖。还有事先请年前会来村里的小贩爆好的大米花、玉米花。做冻米糖那天也是全家一起劳作。麦芽糖水再入大锅，加入义乌红糖数斤，有条件的家庭还可再加一两斤扯白糖进去，做出的冻米糖更黏更甜。糖水需用慢火熬数小时，等用勺子舀起看到糖水黏稠近似成片了，就可用了。在另一口大锅里倒入一定量的米胖或爆米花，舀几勺熬好的糖水，快速拌匀，再快速转移到木板上，用两块条木反复挤压，压实并塑形成条状，摊凉后再切成片状，放入陶罐中储存。冻米糖边上会撒入少许米胖用来防潮，使冻米糖保持松脆数月。

杀猪：我小时候，是计划经济向包产到户过渡的时期，农村里每家每户都养猪。一般来说，一年养一批或两批猪，每批猪有一至两头。那时候猪吃得差，一般都吃草，很少有麦麸等相对营养高的东西吃，所以一批猪至少需要养小半年甚至大半年。上半年的猪是出售给供销社换钱用的（是每户人家日常用钱的主要来源），下半年的猪一般是临近年关时在家宰杀的。

杀猪时会请村里或邻村的屠夫来家操刀。妇人烧一大锅开水，家里男人，再请邻居家的一两个体壮男人一起帮屠夫去猪栏里抓猪。屠夫一般会先动手，一只手抓住肥猪的一只耳朵，再用另一只手快速抓住猪的一只前腿，把猪掀翻在地，其他壮汉齐拥过去，有抓猪腿的，有抓猪尾巴的，把猪抬到长案板上死死按住。屠夫拔出腰上斜插着的尖刀对准猪的颈动脉捅进去，转一两下，再快速拔出。鲜红的猪血随着拔出的尖刀涌出，涌入案板下方事先放了一把盐的接血的木盆里。随着猪垂死的嚎叫声，鲜血不断涌出，流光后猪痉挛几下就不会动了。屠夫用手搅动尚热、未凝固的猪血，使盐在血中化匀。妇人把沸水装入木桶，男人分几桶把沸水抬起倒入大木桶，再一起把大肥猪抬入大木桶，使沸水淹没肥猪的大半个身子。屠夫不时地翻动肥猪的身子，让猪的整个身体按需要浸入沸水以利刮毛。浸的时间太短则猪毛刮不下来，浸的时间太长则猪皮容易被烫熟，猪头和四只猪蹄浸的时间要长一点。等屠夫判断可刮毛了，便把猪拖挂到大木桶边缘上，用一个铁片把毛刮除干净。然后，屠夫会在猪的一条后腿的膝关节附近用尖刀开个横穿的裂缝，再用铁钩的一头穿过此裂缝，把猪挂在斜靠在墙边的木梯上准备开膛。开膛从颈部正中开始一直往下，掏出猪心、猪肺，再掏出腹腔的肝、脾、胰、胃、小肠、大肠、腰子等内容物，掀出左右两片腹膜下的脂肪（板油）。屠夫会先给猪胃翻个身，使黏膜层翻转到外面，浆膜层翻到里面，以便清洗。小肠、大肠分开处理，都先把肠系膜（花油）取掉，然后也是跟猪胃一样里外翻个身方便清洗。基本清洗干净后，屠夫给肠子一端打个结，拿起肠子另一端，紧贴嘴边，鼓起腮帮子用力吹，把小肠、大肠吹得鼓鼓的，再清洗。

我们大一点的小孩会一直在边上看屠夫杀猪、处理猪，看到猪被掀翻按在案板上时心里也会生出怜悯，看到屠夫把尖刀刺入猪的脖子时，女孩一般会被吓得闭上眼睛，只有胆大的男孩才敢一直盯着看。屠夫给猪开膛破肚时，孩子们也是又怕又好奇，但我们最喜欢看的就是屠夫吹小肠、大肠，觉得小肠、大肠在水中接连鼓起来、浮出水面的样子很好玩。屠夫会再把猪肉砍成数块，一般分成一整个猪头、四条腿、条块肉二至六块、一条猪尾巴。处理完后，屠夫会割点新鲜猪肉及猪肝等交给主妇现炒，将猪血也煮熟配上大白菜，和一家人一起享受一顿简易的杀猪菜。一般人家会卖掉几块肉或两条猪腿换钱，较富裕的人家则会多留点。猪头、小肠、大肠、猪尾巴等一般留着，用盐腌上，备过年用。留在家里的猪腿、条块肉也会腌上，以备一家人一整年吃。

做豆腐：逢年过节时，老家的每户人家一般都会做手工豆腐。黄豆都是自家种的，先浸泡一晚，第二天早上用石磨磨成豆糊，放入大锅，加水煮熟，再盛入有密密细孔的豆腐布袋里，挤出豆浆，剩下豆腐渣。把豆浆倒入大锅，行卤水（供销社里买的）点豆腐。加入卤水，让豆浆结成团块状，再把团块状的豆腐雏形盛入豆腐布袋，放进方形的木格中，轻压木板，让水慢慢流出，即成一板豆腐，切成一块块的即成为豆腐成品。

过年是一年中最大的事，须屋内大扫除及清理房前屋后，一般于除夕前一到两天进行。主妇会将一把棕毛扫帚绑在一根木杆上，打扫梁上的灰尘和蜘蛛网，再提清水擦拭供几、八仙桌等大型家具。凳子、食盒等小型家什则会被搬到小溪里去冲洗及擦拭，然后露天晾晒干净。房前屋后也须清扫得干净整齐，家里人的粪尿及猪粪也要挑到田地里去。

终于，心心念念的除夕来临了。除夕当天，需要贴对联，杀鸡，冲洗事先腌制好的准备过年祭拜及吃的猪头、猪尾巴、条肉、猪大肠、猪小肠。对联，家里有读书人的家庭是自己写的，没有读书人的家庭则事先请人写好，或去镇里的集市上买。对联通常都用红纸写，写的都是吉利祥和的言语。但若当年（有的家庭坚持三年）有亲人离世，则会用绿纸写一些缅怀亲人的词句。

除夕中饭一般会吃菜饭，老家有人戏称"忆苦思甜饭"，但我想原因可能有二：一是除夕当日要做的事情多，中午吃菜饭方便快捷；二是除夕晚上有难得的大餐，中午吃菜饭既可节约，又不易胀食。中饭草草结束后，便开始洗大灶煮猪头、猪尾巴、条肉、鸡、猪大肠、猪小肠，一般要煮一两个小时。当主妇能用一支筷子轻松插入猪头、鸡、条肉之中时，那便说明熟了。男人就把八仙桌抬到门口，用一个木盘盛着猪头摆在八仙桌的正中靠前的醒目位置。猪头朝向门外，猪头上再放上猪尾巴，以示有头有尾。猪头周围再摆放上条肉、鸡（鸡头也朝向门外）、年糕、用年糕做的元宝，以及一盅米。八仙桌的最前方还要摆上六个或八个酒盅，配相应数量的筷子。每个酒盅里倒上三分之一盅的黄酒，边上再放两盏蜡烛及一壶酒。猪头、条肉、鸡身上都会插上一双筷子。

一般来说，祭拜前大人会叫小孩洗手甚至洗脚换新袜子，当然穿上新衣服更是必需的（我小时候一年中难得有新衣服穿）。男人们也都换上新衣服，带领小孩开始祭拜，叫作谢年。男人点香，再分香到每人手上，拱手鞠躬三下，拜天拜祖宗，而后把香插到门前的土地上，烧纸钱，再拱手鞠躬三下。男人还须到门口露天燃放二踢脚及一长串小鞭炮。等纸钱烧尽烟灭，男人拿起酒壶浇点酒到地上，再抓点酒盅里的米撒在地上，最后拔起插在猪头、条肉、鸡身上的筷子放到边上，礼毕。然后把祭品搬到猪栏旁，在猪头、条肉、鸡身上复插上筷子，再焚香烧纸钱祭拜，祝愿六畜兴旺。男人洒酒撒米，拔起猪头、条肉、鸡身上的筷子，礼毕。最后把祭品搬到灶头前，猪头、条肉、鸡身上再复插上筷子，焚香烧纸钱祭拜，祝愿家庭和睦、有吃有喝。男人洒酒撒米，拔起猪头、条肉、鸡身上的筷子，礼全毕。一对点着的蜡烛就放在灶头，从除夕夜一直燃到正月初一早上。较虔诚家庭里的男人还会用锄头挑着祭品、拿着香及纸钱去村口的神殿里祭拜。

之后，最期盼的年夜饭开始了。男人会先把猪头剖开，切一盘猪舌、一盘猪耳朵上桌，再摆一盘肥肉块、一盘瘦肉块（精肉）、一盘小肠段、一盘大肠段，都来自刚才的谢年祭品，再盛一碗肉冻、一碗鱼冻，这就是我们小时候除夕的硬菜。热菜是一大盆豆腐煮青菜，家境好一点的家庭还有一大碗绿笋或金针（干黄花菜）炖五花肉。主食是做豆腐煮青菜时一起蒸的年糕、馒头。外面天寒地冻，屋里热气腾腾，大家穿着新衣，嚼着一年里难得吃到的肉食，满口流油，男人再喝点温过的自酿黄酒，就是一家人一年中最幸福的时光。吃年夜饭时，一家人说说笑笑，聊着好听的吉祥话，小孩要注意不能说乱七八糟的话，大人也慈祥温和不打骂，还会给小孩每人发一两块钱的压岁钱。

吃完年夜饭，老家的人都兴去村里的亲戚家串门。每家都会把家里的每个房间点上灯，整村灯火通明，通宵达旦。每家桌上的肉食一般也不收拾，若有男人来了，就再拿出筷子、酒盅，一边聊天一边再一起喝两盅，女人和小孩则更多的是吃瓜子、花生。小孩还会玩小鞭炮，或用纸糊的有轮子的兔子灯。十岁左右的男孩，最愿意做的事就是到每家每户去募柴，再拿到宗祠厅里烧去岁篝火。我村的到宗祠厅里烧去岁篝火的习俗不知从哪年开始一直延续下来。村里的壮汉会去山上挖树桩作为烧篝火的主柴，小孩从每家每户募来的柴多为干草或干树枝，用来助火烧旺。篝火从除夕天黑开始，一定要烧过子夜零点到春节，之后才能让火熄灭。男女老少在篝火旁烤火聊天，吃瓜果零食，小孩在一旁玩耍嬉闹。有几个顽皮的男孩还会偷偷往火里扔一两个小鞭炮，鞭炮一炸，引来大人的一阵欢快的责骂，惊起小女孩的一阵惊吓捂耳，小男孩则暗暗偷乐。小孩一般都能撑到吃完半夜餐（多是汤馄饨或汤麦饺）再睡，大人或串门喝酒、聊天，或打牌、推牌九，一般都会守岁过零点。后来有了电视，很多大人小孩也会选择在除夕晚上看春节联欢晚会来守岁。

第二天春节，因除夕睡得晚，早上起得就晚。吃过早饭，去山上给祖宗拜年。男人带着小孩，拿着香和纸钱，到各自祖宗坟前祭拜。回来后，吃吃瓜果零食，聊天玩耍不干活，当晚便早早就睡。

年初二早上，要吃汤圆。老家的汤圆，都是自己做的，将糯米粉和大米粉按比例混在一起，加水揉成米团，再搓成一个个直径约两厘米大小的实心汤圆，下沸水煮熟，捞起盛碗后再撒点义乌红糖。吃完汤圆，就进入正月拜年模式。

拜年走亲戚，有排序。年初二一般需要去舅公或舅舅家，年初三去丈母娘家，年初四以后去哪家拜年就不太严格了，但一般也是先去长辈家，再去同辈家拜年。同辈家拜年需要互拜，同辈间年纪轻的先到年纪大的家去拜年，年纪大的同辈再来回拜。重要的亲戚家，一般一天只去一家拜年。不太重要的亲戚（一般是上一辈的老亲戚），一天可走数家。

拜年，还需要拿上拜年礼物。计划经济年代，一般是纸包的一斤白糖，再客气一点的是纸包的冰糖（比白糖贵一些）。后来，日子好一点后，还有拿荔枝干、龙眼干等作为拜年礼物的。一般是男人带一两个小孩（带太多的话，人家出压岁钱出不起，不受欢迎）去拜年，女人在家或休息，或接待来拜年的亲戚。到了亲戚家，先吃水煮荷包蛋，一般来说每人两个。中午是正餐，吃食很丰盛，基本同年夜饭一样，还多一碟煮熟的鸡块，但每次拜年出门前大人都会提醒小孩不要去夹鸡肉吃（前文提过，一般一户人家过年只杀一只鸡，吃一块少一块），免得主人家难堪。吃完中饭一般就回家了，也有再吃一顿点心再回的。主人家会拿甘蔗或冻米糖等作为回礼，还会给来拜年的小孩一到五块钱左右的红包（将钱折好，中间用一根红纸条绕一下）。

如今距我小学时期已过去有四五十年，但在我脑海里还有这么些记忆。

住校念镇中学的记忆

　　我是在1982年至1985年念的初中，正处于改革开放的初期。我在村里读完五年小学后，1982年刚好十二岁，通过镇里会考来到镇上新建的初中住宿上学。（那时候尚未实行九年制义务教育，会有一小部分学生因成绩太差上不了初中。）原来镇上只有一个中学——蜀山中学，包括初中部、高中部。后来在我父亲的主持下新建了一个初中，因学校建在一个叫红珠山的山坡上，故名红珠山初中（后改名为横溪初中）。我们是此初中的第四届学生。

　　学校位于兰溪与浦江之间的公路边，靠近一个叫施宅的村庄。从公路到学校大门口，有一段长约五六十米的斜坡路。学校校舍因地制宜，错落有致地分布在小山坡上。进入大门，先向上走二三十米，再往左岔路走二三十米是食堂，往右岔路走则是并排的一栋教师宿舍楼及一栋学生宿舍长楼。从斜坡路再往上走二三十米就到了红珠山的山顶，山顶大部分地面已被修整过，左手边是大操场，右手边是教室楼。教室楼前有一片空地，种有四五棵法国梧桐树，放有两张水泥乒乓球桌及一个铁单杠架子。教室楼的东侧是一栋独立的厕所楼，左边是男厕，右边是女厕。教师宿舍楼是一栋两层的小楼，其他校舍只有一层。教室楼与厕所楼之间还有一条山坡小道通往地势较低的宿舍楼。

学校有老师二十多名，包括校长一名，副校长一名，教导主任一名。首任校长就是我父亲，解放前他曾在初中读过一年多。老师们大多原是小学老师，也有几个刚从师范学校毕业的算是科班出身的老师，还有两三个从金华一中等名牌高中肄业的学生被父亲请来做民办老师。

一个年级有三个班，每个班有五十名左右的学生。普通老师教初一、初二年级，初三年级学生会根据成绩重新分为两个重点班和一个普通班，优秀的、有经验的老师教初三重点班。绝大多数老师平时讲当地土话，上课用的是带有浓厚本土口音的"普通话"，包括语文老师。英语老师的英文发音也被严重的本土口音带偏，所以我们这些学生的普通话及英语发音到现在为止都还是很不标准的。

那时候小部分离家近的学生走读，大部分学生住校。以一个住校生为例，一周的安排一般是这样的。周日下午近傍晚，住校学生包括老师都会在家里早早吃完晚饭，再从家里拿着一周的米和菜（以梅干菜或雪菜为主）来学校。周六下午一般上两节课就放学，大家拿着空的米袋和咸菜罐回家（那时还没实行一周双休）。周一到周五是正常的学习日。每天早上六点左右，若不下雨或下雪，天蒙蒙亮时就会响起体育老师的哨子声，大家从高低通铺（木制，上下两层）上一骨碌爬起，洗漱后在操场上集合，成队列拉到公路上慢跑。体育老师有节奏地吹着口哨，大家整齐地慢跑着，踩着公路上铺着的小石子发出的"嚓嚓"声，在拂晓的清晨是那么清脆。一般来说，我们会往浦江方向慢跑两公里左右，然后体育老师吹一声长哨让我们解散。这对顽皮的男孩来说，就是号角。大家快速转头，往学校方向冲刺，你追我赶，比拼争先。一是为了比谁跑得快，二是为了早拿饭盒早吃饭。大家都冲到食堂，在食堂的几个大蒸笼里翻找自己的饭盒，拿回宿舍后就着梅干菜或雪菜狼吞虎咽，回来迟的，若自己的饭盒被他人打翻了或错拿了，早饭就泡汤了。吃早饭时，也常有一名梳着两根粗辫子的小镇姑娘（我们一个同学的姐姐）手提一篮油条来食堂门口卖，五分钱一根，大家偶尔会买一根打打牙祭。油条一般舍不得直接吃，会用铝饭盒盛大半饭盒的开水，倒点酱油，再把油条掐成一小段一小段的，泡在酱油汤里当菜吃，是现在仍留在很多同学记忆中的美味。

上午有四节课，每节四十五分钟，课间休息十分钟。

初一年级的课程有语文、英语、数学、物理、历史、地理、政治，初二开始加了门化学。我自己感觉课程内容不多，课堂上都很容易听懂，作业也不多，当天都能比较轻松地完成。课堂上也常有一些轻松好笑的事情发生。如沈老师（是教什么课的我忘了）有一次上完课在教室里巡视，走到后排转身往前走的时候，最后排的陈同学，悄悄地在他身后做了个小动作，就是比个子高矮的手势。沈老师个子不高，大概只有一米五左右，比我们读初一时期的很多男生矮，此手势便是取笑他个子矮的意思。沈老师余光发现此猫腻，不动声色地回到黑板前，在黑板上写了一行大字"长长竹竿晒衣裳，短短笔杆写文章"，又用带着土音的普通话，抑扬顿挫地说了两遍，然后看着那陈同学，我们大家都强忍住笑意。施老师，已忘记他是给我们上历史课还是地理课的，因中考不考此副课，所以他上课时一般用半节课给我们上课，剩下的半节课给我们说书讲故事，如白眉大侠等武侠故事，深受大家欢迎。

还没等下课，我们几个男孩子就揣起放在书桌抽屉里的木制乒乓球拍，铃声一响就冲出教室门，抢占乒乓球桌。近中午，第四节课一结束，大家都快速冲出教室（女同学稍矜持一些），冲向食堂，争先恐后地在那几个大蒸笼里翻找自己的饭盒，拿回寝室干饭。菜一般是蒸过的或用少许猪油炒过的梅干菜或雪菜。偶尔有条件好的镇里的同学会拿一盒菜油煎咸带鱼，虽是他一个人的口福，但整个学校的学生都会闻到此诱人的味道。食堂里有块黑板，黑板上画有一张表格，各位老师的姓名都在上头。早上食堂师傅会写出当天中饭、晚饭的菜名，如炒青菜、青菜豆腐、雪菜豆腐、骨头炖土豆等，老师若想吃，就在自己名下的相应位置上画个钩，一月一结账，不过老师们平时大多也吃自带的梅干菜或雪菜。绝大多数学生买不起食堂的新鲜菜，只偶有几个教师子弟学生会买。

中午有两个小时的休息时间（包括中饭时间），夏天学校会安排午睡。下午有三四节课，放学后会安排大扫除。每周还安排有一节劳动课，就是填土扩建操场。操场靠里的地势低，而操场边上有土坡。每逢劳动课，我们会在老师的指挥下，在土坡上锄地掘土，再把土抬、填到操场的低洼地中。在我们几届同学的努力下，操场年年扩大，渐成规模。晚饭的开饭时间大概是五点或五点半，因农村晚饭都吃得早，学校也顺应此习惯。晚饭前后有一两个小时的自主支配时间。

晚自习一般在七点左右开始，大概九点结束，主要是做老师布置的作业。那时作业不多，一般来说用晚自习的一半时间就可以做完，剩下一半时间就看大家发挥了。因初中时期大家玩性较大，作业做完后同学们大多是嬉闹，不爱多学习。班主任老师有时会站在黑暗的窗外观察是谁在嬉闹，然后突然走进教室把顽皮的同学提溜到老师办公室罚站。机灵的同学在嬉闹时会时不时地看看老师有没在窗前或门口窥视，但还是经常玩不过班主任老师，被抓"现行"。

晚自习后，大家洗漱、整理内务半小时，九点半熄灯就寝。初中时期，我们那地方还没有晚上刷牙的习惯，一天只在早上刷牙一次，因此，洗漱一般只是洗脸。夏天我们一般穿拖鞋、凉鞋，脚脏了就把脚放在水龙头下冲冲，冬天基本不洗脚或一周洗一次左右。学校没有澡堂，其实我们读初中时整个镇都没有澡堂。住校期间，夏天若天热，胆大的男生会到学校边上的池塘或溪里洗澡游泳。天冷了，讲究的女生会拿热毛巾擦擦身子，男生一般一整个冬天就不洗澡了，既没条件也不想洗澡。睡觉前大家常会先在寝室里打闹一番，九点半的熄灯铃声一响就立刻熄灯，安静就寝，不能聊天。寝室门不能上锁，值周老师会来巡查，悄悄站在寝室门口，甚至悄悄站到漆黑的寝室里，玩"猫捉老鼠"的游戏，发现谁跟谁在说悄悄话，就把他们拖出被窝，到寝室外面的走廊上罚站。

初中时，我们很少有课外书，也没有课外学习的辅导书，只看学校发给我们的教科书。镇里也没书店，只有县里有书店，我读初中时也从来没去逛过县里的书店

（其实去县城也总共只有一两次）。学校没有图书馆，有没有图书室有些记不清了，不过就连我这教师子弟且学习优等生好像也没有从学校里借过书。但那时候有老师曾借给我他私人所有的书。我印象深刻的有：《东周列国故事》系列连环画、《水浒传》、《西游记》、《三国演义》，还有一本金庸写的《书剑恩仇录》。虽然这本小说很好看，但因我比较乖，时间都用在学习上了，也因为那时小说很难借到，又没钱买，我初中、高中期间，武侠小说就只看过这一本。我们班有个蒋姓男同学，他本人天资聪慧，父母在外地养蜂。他不知道从哪个途径借来还是买来很多小说，上课时经常在教科书下面放一本小说，如金庸、梁羽生写的武侠小说，被老师发现后就是罚站，甚至没收宝贵的小说。课堂上老师当然限制我们看与学习不相关的课外书，但在课外时间他们虽不鼓励却也不限制我们看小说、连环画。

最后再聊聊青春初期少男少女的那些事。在我们初中那个年代，而且又是在乡下，保守思想比较严重。想法是有的，行动是没有的！那时候我们的温饱问题还没完全解决，平时粗茶淡饭少蛋白质，故发育得迟，生理上的青春期也姗姗来迟。男女同学之间很少说话，老师也多安排男同学跟男同学一桌，女同学跟女同学一桌，所以男女同学之间商量啥事，甚至吵架都没有可能。男女同学穿得都很朴素，偶有家境尚好的（如家里养蜂的或办小厂的）女同学穿得较鲜亮一点，就是大家注目的对象。但男生往往是偷偷看，生怕其他男同学发现，更怕被女同学发现自己的行为，也不敢去当面表达或递字条、写情书。女同学也不敢正眼看男同学，当心仪的男同学从对面走过时，女生可能会一下子脸红、心怦怦跳，但断然不敢表达，也不敢在闺蜜面前透露自己喜欢谁。

大家就这样严肃而不活泼、紧张而没有"美好团结"地度过了三年初中生活。每届一百五十名左右的毕业生中，只有少部分人升上了高中，其中成绩优秀的十个人左右则被县城里的重点高中录取，其他大多人便回家务农去了。

县重点高中读书回忆一二

　　母校兰溪市第一中学，今年适逢八十周年校庆，我们这些兰一中学子由衷地感到高兴。母校老师数月前跟我联系，希望我能写点东西。我一直不敢动笔，因为觉得自己做得很不够。但在班主任徐老师的指示下，班级同学们的不断"怂恿逼迫"下，也觉得该回头看看我们和兰一中的缘分。

　　我们是1985年考入兰一中的。我当时初升高的总分是梅江区第一名、兰溪市第五名，所以高一入学时班主任赵老师把我叫到办公室，任命我为5班班长，其后三年连任，没人"造反"，荣幸至极。

学校位于大云山脚下，当时因宿舍楼尚未完工，我们一开始是住在空置的教室里。很多住校的同学都来自农村，怕生少语，但因一个班住校的男同学大约有三十人，睡觉时挤在一间教室里，很快也就相互熟悉了，由此开始了我们到现在长达三十余年的同窗友谊。夜谈时，应同学很健谈、讲话很风趣，且因乐于助人而荣任生活委员。

大家上课时很安静，老师提问时也少有几个同学愿意主动举手发言，特别是女同学，当被叫到回答问题时，大多矜持地涨红了脸，声音轻得只有自己听得见。但是一到吃中饭的铃声响起时，男女同学潮涌而出，以百米冲刺的速度飞奔向食堂。主要是因为饿，又怕自己的饭盒（全校学生在各自的饭盒里盛上米和水，集中放在食堂里的几个大蒸笼里蒸）被他人在翻找时打翻。大家围着几十个桌子站着吃。大多数人常吃梅干菜（当时陈同学、蒋同学的梅干菜里甚至连油都没有）、黄豆酱，也可买食堂菜吃。我家境尚可，大多吃食堂卖的菜，有冬瓜汤、落汤青、家常豆腐等，偶尔也有小河虾。但总是容易饿，我便常去买传达室里卖的面包来吃，五毛钱一个，香啊！

虽然当时每个人都有些营养不良，但大家还是超喜欢体育运动。足球、篮球的高手我班有范大将军，但大多数人（包括我）技术一般般。特别是篮球，打的人多，时常在晚饭后打到天黑才罢休，当然读高三后我们被动及主动地收敛了。我喜欢玩三百六十度转身投篮，投中的虽少，但关键是感觉爽，即使没有女同学观战。女同学玩啥呢？我们男同学都不太清楚。我们在兰一中时虽正是青春痘盛开、春心萌动的年纪，但我们也还处于男女授受不亲的时代啊！彼时，男女同学间极少讲话，更不要说一起花前读书、月下谈心了，现在回忆起来都觉得可惜。

班主任赵老师是我们的语文老师，学识丰富，教学认真，同时也风度翩翩，很注意形象。但他教了我们一个多学期后就患重病住院手术了，后经多方治疗仍不幸离开了我们。我们全班同学在赵老师的追悼会上都泪水涟涟，心痛不已。高二，徐老师正式接任我们班主任。徐老师是物理老师，定律讲得透，字写得大且潇洒。徐老师对我们也是极好的！他为了给我们异常艰辛的求学生活增添色彩，组织我们去黄大尖野炊；为了增强我们的语言沟通能力，组织班内辩论赛。他还会经常找我们谈心，给我们鼓气，甚至掏钱给学有余力的同学买参考书，给某些同学解决生活及经济问题。我这班长也时常受到徐老师的特别呵护。每次班会徐老师都会让我主持，我多说他少说，以此来锻炼我组织、发言的能力。我在高三的体育课上意外手骨折，是他亲自带我去县中医院就诊，其后两周左右的中药也都是他和师母在家亲自给我熬煎的。我高考第一志愿没被录取，也是他立刻帮我联系其他的理想院校就读……

正是因为有如此好的兰一中老师们（其他老师就不一一详述了），才让我们1988届5班的同学个个出彩。我班现有博士五名、有教授职称的五名、领导干部数名。

大家每年聚一两次，有事互相帮忙，没事聊天吹牛。彼此间情同兄弟姐妹。感情如此之好，都是因为我们共同经历了在兰溪市第一中学成长进步的岁月！

诚惶诚恐，草成此文。谨以此文纪念我们的青葱岁月，也表达对我们成长之地——母校兰一中的深深爱意。

（原发表于"浙江省兰溪市第一中学"微信公众号，2016-07-12。有改动。）

中国医大开启医学生涯

我的大学时期是1988年至1994年，六年制的医学本科，英文医学专业，在位于辽宁省沈阳市的中国医科大学念的。

1988年9月初，已退休多年的六十多岁的老父亲送我走上去念大学的路。在我出门前，母亲在我内裤上用密密的针脚缝了块布，把供我读一个学期的学费及添置点衣服用的几百块钱缝在布里面，说这样不容易在路途中被人偷走。父亲和我一起拿着我的铺盖卷从老家镇上坐了两个小时的长途汽车来到金华，先去在金华工作的小舅舅家里住一晚。小舅妈给我煮了几个茶叶蛋，再买了几包榨菜和方便面叫我带着在火车上吃。第二天，父亲和小舅舅一起到金华火车站帮我把厚被及凉席等不好拿的厚重行李托运了，临上车前父亲再三叮嘱，在外面有不明白的要多开口问，要先叫人家"师傅"，再说"请问什么什么"。我在父亲依依不舍又满怀希望的目光下踏上了北上的火车。

当年金华没有直达沈阳的火车，需要到上海中转。我坐的是硬座，火车上的旅客大多是做生意、出差、打工的人，以及我们去上学的大学生。到饭点的时候，有工作人员到各车厢来叫卖小吃、水及盒饭，但我和打工的人一样只吃自己带的食物。用随身带着的铝饭盒到火车车厢里的开水大罐里打来开水，把袋装方便面（那时候还没有桶装方便面）泡进去，再剥一两个茶叶蛋，撕一包榨菜，就是饱饱的一顿。坐了四十多个小时火车，牙龈肿了，牙齿也"浮"起来了，终于等到"沈阳啊沈阳，我的故乡"的歌声在车厢里响起后，抵达了沈阳站。出了沈阳站，在习习凉风下环顾四周，圆顶的老沈阳站及周围的俄式建筑、站前广场的苏军纪念碑上的坦克等给我这没出过远门的浙江乡下青年留下了深深的印记。

学校在沈阳站前设点欢迎各地坐火车来的新生，登记后安排大巴车把我们送到校园。很温暖的是有浙江籍的高年级学生来欢迎点迎接浙江籍新生，我马上认识了老乡，在以后的学习生活中，老乡校友间互相帮忙，结下了深厚情谊。到达学校后，拿出录取通知书办了入学、住宿等手续，托运来的行李也被送到了校园，我认领后正式入住了学生一舍130室。

中国医科大学位于沈阳市和平区北二马路92号，在中山广场边上，离沈阳闹市区的太原街很近，礼堂、学生一舍、学生二舍、教学楼、大学边上的附属第一医院建筑群等校舍大多都有深厚的历史沉淀，是"满洲医科大学"时期建造的仿日式建筑。

学生一舍是座老建筑，地上有四层，大门在正中间，左右对称，每层楼左右各有一道长走廊，走廊两边各有二三十个寝室及一个水房、一个卫生间，地下一层是食堂。我们寝室位于学生一舍的一楼，进大门后左拐，紧靠走廊尽头。寝室不太宽敞，呈长方形，中间放一排桌子（下面有柜子可放东西），寝室两边各放三张上下铺的铁床，共十二个床铺。130室里安排了我们同一个班（74期英文医学专业18班）的男生十一名，我睡在进门后左手边的中间下铺。进门右手边的第一张铁床下铺是供大家放大行李箱的。寝室里十一个人，一个来自北京，一个来自山东，辽宁本省的八个，只有我来自大江之南。和室友打招呼时，发现自己的普通话很不标准，甚至连自我介绍对方好像也听不太懂。铺自己铺盖时更是发现，我这南方乡下来的"小土豆"和北方人的差别太大了。室友们先铺褥子，再铺床单，然后拿出一床薄被。我不知道有褥子这种东西，更不要说带了（后来学校借给我一床褥子，过段时间我自己买了一床）。我铺的是家里特意请篾匠精工打的竹席，然后是一床厚被子。我只带了一床被，且还是我妈听说东北很冷，特意拿了家里最厚的棉胎给我缝了被子带来学校的，把北方同学重重地唬了一下。后来，我跟父母在信中请示交流后，花了珍贵的预算外的开支买了褥子、床单及薄被，换掉了我那极不入流的床上用品。但我舍不得扔掉那精致的竹席，一直铺在褥子下陪伴着我的大学生活。

床铺铺好，已到吃中饭的时间了。大学里吃的第一顿大米饭的那个香糯至今仍记忆犹新。读大学前，我在浙江吃的都是本地产的籼米（当时物资流通还很少，各地区一般都是自给自足），不香不糯，但到大学里吃的可是著名的东北大米啊！从来没吃到过这么香的大米饭！这对一个已在火车上吃了两天方便面和榨菜的小伙子来说，那冲击力是很强的。

饭饱后，大家回寝室开始交流。我们一个班二十五人，十五个男生（两个南方来的，十三个北方的。我们寝室有十一人，另外四人和其他班级的混住在我们寝室的斜对面），十个女生（都是北方人）。女生也和我们住在同一幢宿舍楼，也在一楼，只是在进宿舍大门后需向右拐。因一个班的男女同学住在同一宿舍楼的同一楼层，所以以后几年大家交流起来很方便。我们同一个班的十五个男生以最快速度按年龄排了序，前十人从老大到老十顺排，后五人是倒排，小五、小四、小三、小二，再到老小，我是小五。接下来的大学时期，一直到现在，三十多年间，我们都以此互相称呼，谁谁是老几还是小几，比其人姓名记得更清晰。老二、小二因对自己的称呼不太满意，要求改成二哥、二小。小三没有异议，因当时"小三"还没被赋予特殊含义。

　　报到后没过一两天，我们就穿上学校发的绿军装，被拉到某部队驻扎的锦州石山进行为期一个月的军训。军训期间，我们操练队列，走正步，学习枪的基本使用方法，晚上轮流站岗，还时不时地到营外拉练。最后军训结束前，每人还有幸能用冲锋枪单发射击五发子弹打靶。军训期间，部队里的连长、副连长，特别是班长对我们都很好。连长好像是江苏人，对我们要求严格，但可惜数年后生病早逝。班长，一米八几的大个，长得很英俊，北方人，对我们很关心体贴，且在我们这些大学生的影响下努力自习，后来考上了军校。

军训期间，我们同班同学迅速地相互熟悉起来，特别是通过军训的饭食加深了了解。我们军训期间的饭食听说是同士兵待遇，吃饭前排队齐步走去食堂，还同时合唱革命歌曲，如《团结就是力量》，进入食堂后八人一桌排排坐。早饭是稀饭、馒头，配菜是咸菜或豆腐乳。中饭、晚饭是米饭、馒头，配菜里凉菜、热菜都有，荤素搭配，以素为主，如拍黄瓜、凉拌长豇豆、炝土豆丝、炒卷心菜、酸菜炖五花肉等。菜（甚至包括早上的咸菜），不太够吃，但馒头、米饭等主食管够。我最多一顿吃过六个半馒头，而且是那种部队里的实心的、体积也不小的馒头。我班老小胃口最大，是大胃王，最多一顿吃过八个半馒头。我们高中时期的男女同学之间不讲话，到了大学，到了军训营地，我还是同高中一样不敢主动跟一起军训的女同学开口说话。但我发现我们很多男同学会主动跟女同学聊天，女同学也不"矜持"，好像也很愿意跟男生说话。我还发现隔壁班的女生甚至把自己的菜匀出一部分给她们班男生吃。原来大城市真的不一样！原来大学真的不一样！我也慢慢改变自己，开始跟女同学说话了。军训期间，开了班会让大家互相介绍自己，还组织了知识竞赛等活动。大家不能出军营，偶有附近的农民来军营门口叫卖水果，我第一次吃到了酸甜的沙果儿和甜甜的啤梨，不过已记不得是我自己买的还是哪个男同学或女同学买的分给我吃的。

军训一个月后，我们回到沈阳，步入正常的大学生活。到10月底，寒风凛冽，满眼灰黄。辅导员带领大家把报纸剪成一条一条的，刷上糨糊，把宿舍、教室窗户的窗缝糊死，不让寒风吹到屋内来，为供暖做好前期准备。宿舍、教室及大楼的走廊上都有暖气片，学校里有烧煤的大锅炉，一般11月中旬开始供暖，来年4月左右停止供暖。供暖后，让我这南方"小土豆"惊叹不已，外面天寒地冻，室内却温暖如春。学习北方同学，我也得置办件防寒的外套方便外出。打听清楚后，我请法医班的同届老乡小顾陪我去了趟沈阳五爱批发市场，买了件"羽绒服"及手套、帽子。"羽绒服"是黄色的，有拉链及金属扣的短款。因父母给的钱少，其实买的是价廉但物不美的羽毛服，穿着保暖还行，但每天不时会有羽毛穿破外包的布料冒出来，我得经常看看，及时拔掉露出的羽毛，以免被同学笑话。出大楼前，你得穿戴整齐，把自己裹得严严实实，穿上外套，戴上帽子及手套。到了大楼内，特别是进入教室或宿舍等房间内后，你得擦去眼镜上的雾气，脱掉外套、帽子及手套，只穿毛衣就可。有时暖气太足，你还得脱掉秋裤、毛衣。

大学里当然是学习生活最重要了。我们是英文医学专业，学校要求我们一年后通过大学英语四级考试，两年后通过大学英语六级考试。所以第一年、第二年的一小半课程都是英文课，其他有政治、物理、微积分、无机化学、有机化学等，当然还有体育课。大学里很多理工科专业的课程都不多，一般来说一天中有半天时间上课，半天时间自由安排。但医学专业的课程有很多，我们英文医学专业的课程更是安排得满满的。每天上午排满课，下午也至少是两节课。

英文课分为精读、泛读、听力、外教共四门课，四个老师教，两年四个学期都是这样。听力是用学校的视听室（只有我们英文和日文医学专业、七年制临床医学专业及研究生才能享用），全套的日本设备，一人一个耳机，且老师都给我们拷了盒带，叫我们课余时间自己反复听。我们在老师的要求下，每人都买了小型收录机，晚上都是塞着耳机、听着英语盒带睡着的。外教是一个白人帅小伙，叫迈克·詹戈斯（Mike Jungles），来自美国东北海边的小城普罗维登斯，身高一米九，腼腆可爱。在我印象中，迈克一年四季好像都是穿同一套衣服，我现在都想不通，他难道不换衣服？可能是他同样的衣服有好几套吧。他把自己收拾得很干净，身上也是好闻的香水味。他脚蹬休闲皮鞋，穿一条深蓝色牛仔裤，上身是一件淡蓝色休闲衬衫及一件橘红色便西装外套。来上课时，他肩背一个大皮包，里面装一本《新概念英语》及一大罐咖啡。上课时，他喜欢半个屁股坐在桌沿上，带我们一段一段地朗读《新概念英语》里的文章，读一会儿就打开装咖啡的长柱形不锈钢罐倒一杯，喝几口。有时他会设计情景对话让我们练习，或搞个主题让我们分组用英语表达自己的观点。印象中最有意思的一次是他让我们演英文小品，我恰好要扮演女性。当时我用一块花头巾包着头在颏下打了个结，一举手一扭腰一飞眼，女人味十足，着实把迈克及同学们惊呆了。我自己也才发现原来我有表演才能。迈克偶尔还会带他夫人一起来上课，他夫人是金发美女，他俩在我们同学的心目中就是洋式的金童玉女。

校园旁边是中山广场，广场中间竖立着毛主席的立姿像，伟人朝沈阳站的方向伸出一只手，仿佛是在挥手示意。每天晚上，在雕像脚下都有自发的英语角，尤以周末为甚。有英语讲得很溜的，也有菜鸟，各种英语水平的人聚在一起，练英语的说听，主题大到国际国内的大事，也可小到聊你是谁、你从哪儿来、你在做什么。英语角的人数少则一二十人，多则五六十人，偶尔也会有老外来。因是英文医学专业的学生，我班同学也会经常相约去英语角练练耳朵、嘴巴和胆量。

对我这来自南方乡下的青年来说，适应在东北的大学生活确实不易。来上大学以前，我基本上是在家乡的县里生活、学习，只去在金华市的小舅舅家玩过几趟。现在孤身一人来到数千里之外的东北读大学，新鲜劲过后最多的念头就是想家，觉得六年的大学时间太长，长得盼不到头。特别是在冬天，我在学生宿舍里一个人发呆，看着窗外灰黄、无生机的景色，心中无名地惆怅迷茫。大学第一年、第二年，因非常想家，我对学习提不起兴趣，对物理、微积分、化学等基础课程也不感兴趣，老师布置的作业也不认真完成，上大课时经常趴在阶梯教室的桌子上睡觉，甚至躺在后面几排的长椅上睡，睡不着时自己经常拿本小说看，也不管老师讲什么。老师对我们很友好，看到我们上课睡觉会多看几眼，但见我们没有干扰其他人，也就放我们睡觉的人一马，不会强加干涉。

　　我和父亲之间的"两地书"对我这思乡很重的游子而言是很大的安慰。那时我老家没有电话，整个社会也都还没有电脑，我和父母的沟通、宽慰我思乡之情的便只有鸿雁传书。我一收到父亲来信，就会在当天或第二天回信，父亲收到我的信后也会及时回信。这样每半个月左右，书信就在我和父亲之间来回传送。

　　因学习很不用心，所以我大学第一年、第二年的成绩不是很好。记得有机化学只考了六十分，连主课英语也有一学期只考了六十点五分（我高考英语的成绩是八十九分，满分是一百分）。那时的我，考试时心急如焚，考完后度日如年，得知成绩后心惊肉跳。但幸好大学英语四级和六级统考，我还是考了一次就顺利通过了。英语四级考试，全班二十五个同学都一次通过，但英语六级考试，我班有几个同学没一次通过，但次年再考一次也都过了。

　　学习不努力，便觉得大学的日子太漫长。但日子需要天天过，点点滴滴的生活中也有很多岁月痕迹仍留在脑海里。

　　先说说吃的。

　　我对学校的伙食还是很满意的。我们一舍的地下一层就是食堂，休息和吃饭能不出大楼无缝对接。早上有二米粥，有数种咸菜，有馒头、肉包、花卷。中午有米饭、馒头，东北大米可真好吃，馒头也很有嚼劲。菜品也很丰盛，春夏秋冬有各式炒菜、炖菜，夏天还加各式凉菜。记忆较深的有溜肥肠、溜肉段、油焖茄子、酱肘子、酸菜炖白肉、酸菜炖骨头、土豆炖牛肉、木须肉、红烧鲅鱼、炝土豆丝、尖椒炒干豆腐、菠菜蛋汤、酸辣汤等，而且对我这南方人来说菜量都很大。最贵的菜是一块两毛钱一盆，如溜肥肠、溜肉段、酱肘子等。我们同学间若为某事打赌，赌的就是一块二，就是食堂里最贵的一盘菜。晚上的主食和菜色基本同中午，大概九点后有夜宵，夜宵有饺子（捞出来不带汤的）、打卤面。学校校园里有小卖部可买火腿肠、方便面、午餐肉罐头、凤尾鱼罐头等，还有酒卖，啤酒、白酒都有，白酒卖的是老龙口、小金斗等本地产的品牌。

平时我们一日吃早、中、晚三餐，因年轻能耗大，夜宵也经常吃。那时，学校每月发给我们大概三十斤粮票，三十元伙食补助，家里再给点吃的、用的零花钱，丰俭由己。我们也不需要给学校交钱，书本费、住宿费等都是没有的。而且因大家家里给的钱都不多，吃的时候一般严格控制价格，比较节约。但每月发的粮票对绝大多数男生来说是不够用的，女生胃口小，一般来说每月粮票还有余，便会把多出来的粮票给关系好的男同学。像我这样的，只能自己花钱到外面买粮票以助填饱肚子。

遇上同学过生日，大一、大二时一般就会在晚上吃夜宵时同寝室的人再一起买点罐头、火腿肠等硬菜，买几瓶白酒（年轻时嫌啤酒不是酒），再买一两斤饺子，在食堂凑一桌，就干上了。吆五喝六，吹牛拼酒，大家经常喝个酩酊大醉，互相搀扶着回寝室。回寝室后，醉者各态：文者倒头就睡，可睡个一整天，第二天也不去上课；武者，大声喧哗甚至哭闹。我记得我们小三有一年过生日的那一晚，我从瑟瑟寒风中上完晚自习回来，到寝室后就被拉到一舍负一楼加入他的生日拼酒战斗。在同学的怂恿下，也在高估了自己的酒量的前提下，我在饥肠辘辘的状态下，把一杯老龙口一饮而尽，数分钟后开始精神恍惚，大家再干时我端起了一碗饺子汤，然后头就重重砸在桌上，睡着了。同学们把我搀扶回寝室，我的意识被地球开除了一天，昏睡了一整天。

有时候同学会从家里拿吃的，或同学家长来看望时带吃的来。如睡在我上铺的老大，家在沈阳市里，他经常回家，回来时就会经常带一瓶肉末豆瓣酱或肉炒雪里蕻什么的。二小家在辽宁某城，他父亲是一个做商贸的干部，来沈阳出差时经常给他带一大袋苹果，如国光或黄元帅。他睡在和我同一排靠窗的下铺，一大袋苹果放在他床底下，那苹果的香味时时刺激着大家的嗅神经。有一次，他父亲给他带来一饭盒的熏鱼，放在桌上还没舍得吃，但当时老十和老三吹牛吹错了方向，老十讽刺老三踢球时脚后跟射门很臭，老三一怒之下操起二小珍贵的那盒熏鱼扣在老十身上。有时二哥、老小的哥哥来看他们，会带他俩出去吃饭或买很多吃的东西拿回寝室。大家同寝室的关系很融洽，经常有福同享，有吃的也乐于分享。

有时我们也到校园外面去打打牙祭，简单的如买个冰糖葫芦，吃碗酸甜可口的朝鲜冷面，也有大家凑份子（初期每人出五元，大概两三年后每人出十元）吃大餐的时候。点的菜包括川白肉、酸菜血肠、渍菜粉、小鸡炖蘑菇、拔丝地瓜等，为了省钱，一般来说炝土豆丝、尖椒干豆腐这两个价廉量多的菜也是必点的。偶尔也会吃烧烤，那时吃的羊肉串就是将小块羊肉穿在细铁签上，直接在炭火上烤，烤时羊肉吱吱冒烟，烤熟后再撒上孜然的那种。一手拿二三十串羊肉串撕咬，再配上一大杯冰啤，是难得的美味。若一咬牙能破费，再烤个鸡架（沈阳著名美食），那吃起来更过瘾了。

再来说说玩的事。

室外，踢足球、打篮球的人是最多的。一舍和三舍前面有篮球场，每天晚饭前后人气都很旺，大家在荷尔蒙的驱使下燃烧着卡路里。在场的基本都是男生，上场的也都是男生，很少有女生围观。我班小三的篮球技术很不错。踢足球，在沈阳有很好的群众基础，校园里的大操场也是很有人气的，若遇到打篮球的人少时，也会占领一个篮球场来踢小场足球。踢球踢得好的男生，甚至比读书好的更受女生欢迎。一个驰骋球场的、和我们同一级的其他班的张姓男生就捕获了我班一个美女的芳心，并最终走到了一起。我班男生都爱踢球，但大多是只有荷尔蒙，没有技术，或更多的是臭脚。大家都喜欢给自己或他人冠一个"马拉多纳""范巴斯滕"之类的绰号，幸好此名声一般只局限在寝室里，只有室友知道，最起码不出班级，要不校园里可捡很多"笑掉的大牙"。足球技术比较好的应该是老小、老九、老三，其他人的球技都一般。班级和班级之间也会搞搞篮球、足球比赛，好像我班都还获得过不错的成绩。世界杯期间，我们校园里没有电视看，但能收听广播的赛事直播。我们二哥身高一米八几，他入选了学校排球队，经常参加训练，也经常穿着校排球队的衣服在校园里晃，吸引了很多女孩的目光。

冬天，等温度持续低于零摄氏度时，学校会在大操场上用土围一圈，往里灌水浇出滑冰场，我们冬天的体育课里就有滑冰课。很多北方同学在上大学前就会滑冰，轻车熟路。我们南方来的同学，对滑冰感到很新奇，也喜欢学，一般滑一两次也就会了，但要滑得好看、滑得很快、能转身滑、能快速停下等，还是有难度的。夏天，学校会开设游泳课，不过是拉到校外的游泳馆里去上的。游泳，则是南方同学有优势了。南方水多，很多人从小就已学会游泳，但往往是狗刨式等不正规的姿势。体育老师教会了我们正确的蛙泳、自由泳的泳姿。

周末或过节放假之时，三五同学或老乡之间会相约去外面玩，或班级集体活动出去玩。我们去得最多的是沈阳的几个公园，如北陵公园、南湖公园。有一年"五一"放假时，我和老七、老八等几个同学还一起去丹东的鸭绿江、凤凰山玩过。班级也组织过去浑河边野餐，去爬鞍山的千山。游玩是同学、老乡间增进友谊的良好媒介，也是男生女生之间增强好感、开始感情交流的媒介。

玩得最多的当然是室内活动。寝室里的活动有下围棋（棋艺较好的如老九）、练弹吉他（如小三），听歌、唱歌的参与人数最多（几乎包括所有男生女生），打扑克则是大家最入迷的。学校礼堂还有看电影及联欢晚会等活动，校外则有游戏机房能玩游戏。

我们读大学那时候，香港、台湾的歌星似神仙打架，群星灿烂。如齐秦、王杰、童安格、张学友、张雨生、谭咏麟、潘美辰、叶倩文、孟庭苇等人的歌都是我们喜欢听和唱的。那时，歌曲的来源一般只有市场上的磁带，港台歌星只要一出新专辑，大家很快就会去市面上购买，且一人买来流行歌曲的新磁带，同寝室的人就会分享传听，这样大家很快都熟悉了新歌曲且会吟唱。邓丽君，大家只知其名，很少听过她的歌，因那时候大陆好像还没有发行邓丽君的歌曲磁带。国外如卡朋特乐队（Carpenters）的歌也很流行，国内歌手则是刘欢比较有名，其他歌手的知名度不是很高。

打扑克，当时校园里流行"打棒"，是山东、辽宁等地的打法。我们寝室基本上平均两到三天打一次，周末一般会雷打不动地来一场长时间的扑克运动，特别是期末考完但还没离校那一两天更是通宵战斗。我们小四的原话是，他礼拜五走（回家），礼拜六回校，"打棒"的人队形都不变，能连续战斗一天一夜，真都是铁人。那次也包括我，另外三个应该是小三、二小、老三，我们除了上厕所以外都没离开过座位，吃饭就是干啃方便面，连用开水泡一下都省了，前后共计二十六个小时！我们班的"打棒"积极分子是小三、二小、老小、老三、老大和我，特此记录留念。

学校礼堂常有看电影及联欢晚会等活动。礼堂虽规模不大，但古典精致，观众席分上下两层，椅子则是木制的。我们的开学典礼和毕业典礼就是在此礼堂庄严举行的。学校礼堂最吸引我们的是它基本上每半个月左右会放一场电影。提前数天，礼堂门口会先贴出海报，简要介绍要放映的电影，男女同学们都很喜欢去观看。我印象深刻的是国外经典电影欣赏系列，如《罗马假日》《卡萨布兰卡》《桥》等。当时的票价是两元还是多少来着，反正大家都觉得值。在礼堂看电影也是我们平常较艰苦的大学生活中的乐趣之一。联欢晚会一般每学期举行一次，学生自导自演，各班推送节目，年级（在中国医大叫"期"）辅导员挑选节目。节目以唱歌为主，其他包括舞蹈、走秀、小品。我班苑姓男同学气宇轩昂，讲话字正腔圆，如玉石之声，是晚会的男主持；我班洪姓女同学歌唱得很好，台风也很有气质，是每次联欢晚会的黄金女声独唱；比我们低一届的75期的沈姓男同学，还有另外一个瘦高一点的男同学则是黄金男声独唱。中国医大里来自非洲的留学生有很多，有一栋专门的外国留学生楼。他们多才多艺，有一次晚会上，一个黑小伙留学生模仿表演了迈克尔·杰克逊唱 *Bad*（《真棒》）时的舞蹈。我们同一专业的隔壁班女生也上过一个时装表演的节目，服装都是同学自己的或从外面人家那儿借来的，我们看了很有触动。我编导过一个小品，是关于在校园里找老乡的故事，小四、我班赵姓女同学和我三人上台表演，赢得赞誉满满。

我们大学校园里也会每隔一两个月举行舞会，舞场设在排球馆。当时，大家主要是跳快三、慢三、快四、慢四，也有跳恰恰舞、太空舞步、抽筋舞的。太空舞步，我们老六跳得不错；抽筋舞，老小跳得不错。快三、慢三及快四、慢四的舞曲需要和女孩子一起跳，那主要就是那些长得高且帅、已谈恋爱的同学的表现时间了。

大学校园里的老乡感情是必须书写一笔的。我们这样从外省考入的，一般来说来自同一个省的就算是老乡了。校园里建有非官方的某某省老乡会，由高年级同学组织大家开展各种活动，如接待新生、组织旅游、组织吃饭聚会、欢送毕业生等。开学报到的那段时间，学校也会鼓励高年级的学生去看望、帮助来自同一个省的新生，高年级老乡也确实能提供很多有用的学习、生活信息，能帮助新生尽快适应异地的校园生活。同一年级的老乡那更是抱团取暖，互相帮助、安慰了。我们那届，中国医大在浙江招了七人（三男四女），大家很快就互相认识了，且到现在一直保持着良好关系。叶姓老乡，豁达爽快却又感情细腻，能写诗，他后来牵手了我们同一届的一个女老乡，生了三个帅儿子。大学时期，我和法医班的同届顾姓男老乡走得很近，他善良幽默，好客乐助。那时候我们俩经常在他寝室炖东西吃。小铝锅里一般烧的就是最便宜的、斩成小块的脊椎骨，用酸菜、大白菜、菠菜炖，偶尔也会买生鸡架，加蔬菜炖。两人再从地下的食堂买点米饭，买两瓶啤酒，边吃着自己炖的菜边喝酒，很香，很美。我俩也经常结伴去校外买日常用品。顾老乡，他是五年制的，先我一年毕业，他毕业联系工作时我这铁杆朋友也陪他一起去某地面试。后来，他在离我工作地不远的一个城市工作。我和妻子谈恋爱刚确定关系后，我就带她到顾老乡那儿。他请我们吃大餐，让我们第一次尝到了湖蟹等当时还比较贵的菜。

还是回到学习上来。

到了大三，与医学相关的课陆续开始了，对我来说学习渐渐变得有趣起来，我也开始自觉地用功起来。一开始学的医学基础课有生理学、生物化学、医学免疫学、医学微生物学、细胞生物学、解剖学、病理学、病理生理学、药理学、人体寄生虫学等。

各科知识点很多，在此略举一二。生理学课上知道了条件反射、反射弧，开始用青蛙、老鼠、兔子做生理实验。生物化学课上知道了能量代谢的三羧酸循环，酶是很多生化反应的催化剂，喝酒会脸红的人是因为体内缺少某种酶。医学免疫学课上知道了抗原、抗体，人体有体液免疫和细胞免疫。医学微生物学课上知道了细菌、病毒，掌握了如何培养细菌和病毒及如何消毒灭菌。细胞生物学课上学会了用透射式电子显微镜、扫描电子显微镜研究细胞的超微结构。解剖学课先上的是人体解剖学，到了大四学习外科学总论的时候再上了局部解剖学。解剖学对我们这些男生的吸引力很大，因我们绝大多数男生都梦想以后可以做外科医生。课上，老师将人体分为运动系统（骨关节和肌肉）、消化系统、呼吸系统、泌尿系统、生殖系统、循环系统、感觉器、神经系统、内分泌系统共九大系统，分门别类地讲。中国医大的解剖学很强，与解剖学相关的好多有名的书或图谱都是中国医大主编的。基础教学楼的一楼走廊上堆满了一个个装有福尔马林液体的大箱子，液体里泡的就是各种教学用的人体标本。解剖学课老师先在上大课时拿大图谱讲，而后在实验课上把泡在福尔马林液体里的人体标本拿出来给大家触摸指认。我们是医学生，男女同学对人体标本都不感冒，触摸了人的大肠标本后当天照样买溜肥肠吃得很香。但在基础教学楼现场观摩解剖学课老师做人体解剖时，对我们医学生而言感觉还是很震撼的。病理学课讲有疾病的器官组织的变化，更多地需要用显微镜观察。病理生理学课主要讲疾病发生、发展的规律及机制。药理学课讲各类药物的作用机制。在人体寄生虫学课上知道了原来人体的肺、肠、胃、肌肉，甚至神经系统都有各种寄生虫存在。

要学的知识很多，所以医学生的课很多。我们除了周末，基本上天天上午和下午都有课。一般都是先在阶梯教室上大课，学习基础理论。除此之外，很多课还有相关的实验课。我们英文医学专业每门课一般用两本教材，一本是人民卫生出版社出版的正规教材，一本是学校老师自己编的英文讲义。老师上大课时用中文讲，但板书是用英文，期末考试试卷也是用英文出的，我们答题需要用英文答。大家上课明显认真起来，勤于记笔记，特别是女同学，不但能把老师的板书记下来，还把老师口头讲的重点也记下来，考试前我们男生都会借班里记得好的女同学的笔记来补充自己的笔记。我们寝室的十一个兄弟，晚上也都不"打棒"、不下棋了，而是去教室抢占位置学习了。特别是从考试前的一个多月开始，我们基本都是在教室里学到熄灯关门才回寝室。考试前一周左右，我们寝室还有部分室友即使寝室里熄灯了，还在被窝里打手电筒看笔记、背知识点。我考试前复习每门课的知识点一般要看并背三遍，第一遍要花一两周的时间，第二遍一般要花两三天的时间，第三遍一般只要半天时间就可以了。复习三遍，考前胸有成竹。因为爱学习了且也愿意主动多在学习上花时间了，我的成绩开始在班级里飙升。

大学第三年，从诊断学开始，与临床密切相关的课要到中国医科大学附属第二医院（即现在的中国医科大学附属盛京医院，位于沈阳市和平区三好街36号）去上，老师则是中国医大附属二院的临床医生兼任的，不过住还是住在校本部的学生宿舍。不知道是我的缘故，还是临床老师和基础理论老师真的有区别，我觉得临床老师更有魅力和气质，更会表达，也更会抓住我们的注意力。

　　诊断学是临床基础课，很重要也很有意思。诊断学教我们看病一定要重视病人的症状和体征，需要先根据它们去思考该病人可能是什么方面的疾病，为了证明诊断需要开具哪些仪器检查和实验室检验，如何分析检查、检验结果，最后再得出准确的诊断。通过诊断学的学习，我们知道了询问和采集病人的症状也需要专业技巧，要问发散性的问题。如问"您哪里不好？""您有什么不舒服？"，尽量不要问"您头痛吗？"这样太有针对性的问题。因这样的问题带有诱导性，会不自主地诱导病人注意头痛，扩大头痛方面的症状叙述，甚至让病人抓不住重点，而最主要的症状却未得到重点叙述。我们要鼓励病人叙述病情，但最后写病史的时候要先概括分析病人的叙述后再选择性地描述记录与病情相关的信息。体征的检查则有视、触、叩、听等方法。诊断学的知识点很多，对我们成为医生后的临床工作很有用。

　　在学诊断学时，我们还学习了与化验相关的知识，如三大常规（血、尿、便）、血生化、血气等知识，还有实验课可操作体验。在实验课上，大家都自己动手测了血型，知道自己是什么血型之后都很开心，且发现原来测血型如此简单。有脑子灵光的同学提议，我们可否跟老师要点测血型的试剂到太原街去测血型，勤工俭学。跟老师一说，他很爽快地给了我们可验二百至三百人份的测血型试剂。周末下午，我们班男女同学一起出发，带上白大褂，用自行车带着两个可折叠桌子和几把椅子来到太原街。等我们摆好桌子、椅子，穿上白大褂，很多市民就围拢过来，纷纷要求测一下血型，还有好几个家庭的一家人一起测，每次一块钱。我们测完血型就跟市民介绍为什么父亲是 A 型血，母亲是 B 型血，子女却可能是 A 型血或 B 型血或 AB 型血或 O 型血等与血型相关的知识，解决了很多来测血型的人的疑问，他们都直夸医大高才生就是说得明白。摆了小半天的测血型摊，测了近两百人，我们也挣了近两百块钱（在当时可是大数目）。班长派两三个男同学把桌子、椅子先拉回校园，大部队就到校园边上的烧卖店大撮一顿。还没等上菜，还桌椅的同学就已杀回。烧卖管饱，还点了花生米、猪头肉、鸡架等凉菜和酸菜乱炖等几个热菜，再上了白酒、啤酒，我们都撮得很过瘾！大学期间，像这样测血型的勤工俭学活动，我们大概搞了两三次，每次都是以一场难忘的盛宴完美收场。

勤工俭学也得记一笔。我们读大学时期，勤工俭学的活动开始出现。我们班大概四分之一的同学都曾给中学生做过家教，一周一次或两次。我也有一个学期去给一个初中生做家教。我和小三还去沈阳批发市场批发过方便面，然后去每个寝室叫卖，干了一两个学期，也挣了百把块钱。我老家离义乌近，回学校前，我大概有两次先去义乌小商品批发市场批发点明信片、贺卡一类的，在校园里以及到中学门口去叫卖。也在同寝室兄弟的要求下给他们带一两副墨镜之类的东西。我努力勤工俭学当然跟父母给我的钱紧巴巴有关，但也佩服自己当年的跨界勇气。

到了大四、大五，我们进入了真正的临床学习和见习阶段，也搬到了中国医大附属二院的学生宿舍，让我们有更多的时间接触临床、接触病人。一天一般是半天上课，半天见习。内科、外科、妇科、儿科，包括中医科、精神病科的课一起上。当然，内科学、外科学、妇产科学、儿科学是绝对的主课。对想做外科医生的男同学来说，外科学更是主课中的主课。大家上课、实习都非常认真用心，都不用老师提醒。上课老师一般是副教授、教授一类的，儒雅睿智，讲的内容重点突出。有一位骨科教授讲课时还教了我们很多顺口溜来帮助我们掌握知识点，非常有利于记忆，很多顺口溜我到现在都没有忘掉。带教老师一般是主治医师这一级，很有活力，对我们也很关心体贴。老师教得耐心，我们也学得一丝不苟，同学们都在心里暗暗较劲，生怕自己学得差。大四、大五时，因很爱学习了，我的学习成绩也达到了我大学时期的成绩巅峰，有一个学期的期末考试，内科学、外科学、妇产科学、儿科学这四门主课我都考了本专业第一名或并列第一名。

内科见习，老教授或现任主任查房，场面十分壮观。老教授或主任仰着头、背着手走在前面，主任医师、副教授、副主任医师、讲师、主治医师、住院医师、实习医师，还有我们见习医师二十多个医生毕恭毕敬地跟在后面。到了床边，老教授或主任站在病床的一边，其他人站在病床的另一边。管床的住院医师汇报病史，上面的主治医师补充病史，老教授或主任检查病人问问题，住院医师、主治医师、副主任医师、主任医师回答问题，然后老教授或主任分析病情，指出目前诊治中的正误、有无缺陷、需要进一步鉴别诊断的方法及治疗措施的改进等。我们见习医生听老教授或主任对病情的分析听得云里雾里，特别是在听他说出一串串综合征的名字时，衷心佩服老教授或主任的知识渊博。

外科教授或主任那更是牛。手术室里，真刀真枪。教授或主任在手术台上，指挥主治医师切哪儿、怎么切、怎么缝，他指哪儿主治医师就打哪儿，真有"谁敢横刀立马？唯我彭大将军！"的气势。手术室里的巡回护士、洗手护士虽戴着口罩，但从她们明眸善睐的眼睛里就可看出颜值一定很高。漂亮护士姐姐们看外科教授或主任的眼神也都是崇拜的眼神，而看我们见习医师甚至看都不愿意看。所以，教授或主任在我们见习医师的眼里就是职场的大神，就是膜拜的对象。我们梦想以后也能像他们那样优秀、博学多才，做病人的救星，做后来者的榜样。

大学第六年，是我们到医院各科实习的一年。我们英文医学专业的两个班分成两拨人，大部队留在沈阳，在中国医大附属二院实习。另一拨人（六男六女，包括我）在自己的申请及学校的批准下，来到北京的中日友好医院实习。

1993年夏天，我们的辅导员大哥巴老师把我们十二人带到了中日友好医院，和中日友好医院的科教科老师做了交接，我们便正式开始了在北京的为期一年的实习。科教科老师把我们的住宿安排在医院边上的樱花园9号楼，我们六个男生（老大、二哥、老四、老六、老小和我）住同一个寝室，好像在四楼的某个房间。六个女生（我班四个及同专业另一个班的两个）住一个寝室。和我们一起在中日友好医院实习的还有北京医科大学的几个同学，以及白求恩医科大学的三个同学，他们除了少数几个住在北京家里，大多数也和我们一起住在樱花园9号楼。一年的共同实习，让不同学校的同学之间也相知相熟了，但可惜毕业后没能再联系。

临床实习，就是让我们这些快毕业的医学生紧跟着医院的住院医师或主治医师，在他们的指导和监督下做一些医疗工作。我们有实习计划，需要轮转哪些科室有明确规定，不同科室的轮转时间也有规定。在内科，像心血管内科、呼吸内科、消化内科这样的大科室，轮转时间长，每科需要轮转四到六周；像肾内科、内分泌科这样的科室，每科轮转时间只需一到两周。在外科，像普外科，需要轮转八周；骨科、胸外科、泌尿外科的轮转时间则少很多；像神经外科、心血管外科这种"高冷"科室没有安排轮转。这样做的目的，是让实习生尽量在病人多的科室里轮转，学习发病率高的疾病的诊治，从而历练、掌握以后成为医生的各种能力。

所以，我们和医院的带教医生一起上班，一起休息，一起值夜班，一起去急诊科等地方会诊。我们实习医生就是带教医生的一个心甘情愿、积极主动的跟屁虫，我们也都愿意做这样的跟屁虫，因为我们心里都认同：只有现在学好医疗技能，将来才能做一名好医生，我愿意，我骄傲。

新病人住院后，我们去病人床边询问病史，和带教医生一起给病人查体。然后，在带教医生的指导下开检查检验单，并在他们手把手的教导下开具简单的医嘱。我们要学习写住院大病历，写每天的病程录，写主任医师、主治医师的查房记录，写好后请带教医生修改，再重新誊写在病历夹里，然后请带教医生签字。我们还会在带教医生的指导下做腰穿、胸穿、腹穿，给伤口换药、给骨折病人打石膏等操作。

实习中最兴奋的是带教医生带我们上台做手术。我们先是跟带教医生一样刷手消毒，而后穿上手术衣，戴好无菌手套，站在手术台上做二助、三助，但我们主要是体验和观摩，最多拉拉钩、递递器械。即使是这样的上手术台的体验，也能回寝室跟兄弟们吹一会儿了。后来，在带教医生的严格示范和监督下，我们能动手做的事情就越来越多，手术时上一把钳子、剪一刀子、打几个结、切口缝合时缝几针等，都有可能，只要你手巧能干。所以我们实习医生在实习期间学的本领渐多，机会渐多，自信心渐长，成就感也渐长。手巧又勤快的同学，在临近毕业时甚至能在带教医生的监督和指导下成功地做个阑尾切除的手术。

在北京实习期间，大家在不同科室轮转，跟着不同的带教医生，有时还要跟带教医生一起值夜班，有几个同学还在实习的同时准备研究生入学考试，所以我们在寝室里相聚较少。但若有机会，大家还是忙里偷闲，一起玩。到北京后，不知什么原因，我们宿舍弃打扑克改打麻将了。凑够四人，就在寝室里打个"小麻"，打四圈或八圈。打麻将的水平大家都差不多，输赢主要靠运气，但更多的是为了开心，为了聚在一起吹吹牛，通一通世界的、国内的、身边的信息。

1994 年 6 月，我们圆满结束在北京中日友好医院的实习，回到沈阳中国医大附属二院的学生宿舍，准备毕业的相关事宜。那时候的大学毕业生尚少，工作半靠自己找，半靠学校推荐。我们班同学的工作单位都不错，大多是在北京或沈阳的大医院。我找的工作岗位是在我老家所在省的省城杭州，一家大学医学院的附属医院的外科。7 月，我拿着学校给我的一百多元的毕业派遣费，豪横地买了人生第一张火车硬卧票，怀揣着对未来的美好期待来到了杭州，开始了我的医生职业生涯。

奕奕岁月

留日预校毕业发言

尊敬的公使先生、尊敬的校长、尊敬的日中双方老师，同学们：

上午好！

今天我们终于结业了！

博士班同学十个月前，博士后班同学六个月前，放下手中的工作、研究，从祖国的四面八方为一个共同的目标相聚到了春城长春。回想在留日预校的这数月时间，我们的学习虽紧张，生活虽较清苦，但我们收获了很多。

短短数月，我们的日语从几乎一无所知，达到了现在的二级、三级水平；从几乎完全听不懂、不会说，到现在可以进行日常交流，还可以做精彩的专业报告。其中凝结了日中双方老师太多的汗水与辛劳，老师们辛苦了。

在这里，我们领略到了日中双方老师严谨的教学态度和崇高的敬业精神，感受到了学校领导、工作人员的关心和热情。在这里，我们和日中双方老师以及同学们之间都有很好的沟通交流，成为了知心朋友。

在这里，我们苦中有乐，课外活动丰富多彩。留日预校组织开展了拔河比赛、篮球比赛、排球比赛、太极拳学习，组织参观各类机构，举办联欢晚会以及多场专题报告会。在留日预校，我们收获的不仅仅是知识，还有思想的进步和对生活的思考。

在留日预校的学习时间虽然短暂，但这段经历将是我们人生的一个新的重要起点。这段经历，我们不会忘记；这段经历，必将会对我们以后的工作、研究产生重大的影响。

昨天，我们留下的是风采；明天，我们带走的是收获。一个月后，我们东渡扶桑去放飞希望；数年后，我们必将回国施展才华！

　　谢谢大家。

　　　　（原为2005年在赴日本留学生预备学校结业典礼
　　　　　　上的中文发言稿。有改动。）

日本东京大学读博深造

2005年10月，我赴日本东京大学攻读博士学位时，已在浙江大学医学院附属邵逸夫医院神经外科工作了十一年，在职硕士研究生毕业已三年，已晋升副主任医师近一年。

为什么我要去日本读博？

一句话，是在附属医院工作对学历和科研要求不断提高的需要。我1994年本科毕业后来到邵逸夫医院工作，当时进邵逸夫医院的敲门砖是医科大学的优秀本科毕业生。但几年后发现，浙江大学医学院附属医院不但要求医生开刀看病的水平要高，更要紧的是对医生的学历和科研要求也不断提高。其实全国的大医院基本都有这样的要求，没有高学历及好的科研产出，晋升就会受影响。所以，我在1998年至2002年间在浙大医学院读了在职硕士研究生，2003年通过了国家公派留学人员全国外语水平考试，以备用。同年某一天，医院内网上有个公派去日本读博的项目申请通知引起了我的注意。

公派到日本读博是中国教育部和日本政府的联合培养项目。每年中日双方会共同筛选一百人左右，支持他们去日本攻读博士学位（三至四年制），另外再派一百名左右的博士去日本读博士后（两年制）。相关政策是学费全免，且前两年有免费宿舍安排，后两年则需要自己租房。同时，就读者还可以申请领取日本政府（文部科学省）奖学金，每个月有十七万五千日元的资助（具体金额随日本经济变化会微调）。申请者需是大学及其附属机构的职工，需要书面材料审查及面试，由中日双方一起择优录取。另外，去日本留学前还需要录取者自己先联系好日本留学的大学及导师。

2003年，我在邵逸夫医院每月的工资奖金等加在一起不超过五千元，而若申请到奖学金去日本读书的话每月将会有一万五千元左右人民币的补贴，且能拿个留洋博士的名号回来，对自己以后工作中的科研也很有帮助。于是，在妻子和父母的支持下，我申请并通过了中日双方的考核。2004年11月至2005年9月，教育部安排我们在东北师范大学的留日预校脱产学习了十个月左右的日语。

我是怎样联系上日本东京大学神经外科读博的？

我通过公派日本读博的申请后，就马上着手跟日本各大学附属医院神经外科的教授（日本的大学附属医院一个科室就一个教授，也就是等同于国内所说的科主任）联系，写了十封左右的求学 E-mail，但都没有回应。后来了解到，日本教授招收硕士或博士研究生需要有相关的引荐，若没有该教授认识的人推荐便很难投其门下。虽然有很多教授欢迎中国留学生，但也有教授不愿意招收。我联系受挫之后，开始各方了解有没有人和日本各大学的神经外科教授相知。

幸运的是，我的大学同班好友王同学刚从日本东京大学附属医院神经外科博士毕业回国。我赶紧和王同学联系，请他帮我给东京大学附属医院神经外科教授桐野高明写了封推荐我去读博的E-mail。因王同学原来在东大读博时表现优秀，桐野教授对他印象很好，很快就回复邮件同意我去报考。有了此承诺书，且通过了留日预校结业考试（相当于日本语能力测试2级水平），我于2005年10月3日顺利飞抵日本东京开始了四年半的读博历程。

博士考试是怎么样的？

起初，我们要先到东大附属医院神经外科以"研究生"的身份学习，有半年时间为博士生入学考试做准备。在这半年时间里，桐野教授指派高年资讲师川原信隆指导我大量阅读脑缺血模型、神经保护、神经元再生方面的文献，而我则需要不定期地跟他汇报我文献阅读后的想法。

　　博士生入学考试需考两门，一门是英语，另一门是神经外科专业考试，考试门槛并不高。英语考试，相当于中国大学英语四级水平的难度。专业考试，只考两个部分——自由论述一个与自己专业相关的论题，选择并回答题库中收录的本专业以外的一个问题。考试结束没几天就通知我"通过了"，但不告诉我考得怎么样，也不告诉我成绩。2006年4月，在我博士正式入学前，桐野教授荣休，齐藤延人教授接任，我就这样成为了齐藤教授的博士生。

　　这场入学考试其实并不能决定你是否能迈入博士课程的学习，真正的关键在于两点。首先，在考试前，所有的学生必须和将来的导师有充分的交流——想做什么、擅长什么等。其次，如果导师在了解你的学术能力和学术兴趣方向后，并不愿意收你为徒（能力达不到他的要求或他认为他指导不了你的研究方向），你基本上也就不用参加入学考试了。当年跟我一起公派出国的人员中，有一些就在考试前被劝退回国或改考其他门下。

博士需要上什么课？

在东大，神经外科和神经内科都属于"脑神经医学"这一专业。东大要求博士生上的课很少，在四年博士课程的学习中，只有第一学年有上课挣学分的要求。有的课需要考试或写个报告，有的课只要你参加、有良好出勤率就可拿学分。我选修了两门课就达到了博士培养计划中要求的课程学分，一门是神经科学的进展，一门是统计学的课程。这两门课都只看出勤率，不需要考试或写报告。

博士学习，每天有到校、离校的时间限制吗？

没有规定，看自觉，主要是你自己根据你做实验的时间需要而定。若你没实验，你也可不去科室或实验室。但不管日本本国的学生还是国外来的留学生，都在"一生悬命"地做研究。虽然每天来得不是特别早，但基本都会待到晚上十点多才离开实验室或办公室。

我当时做博士研究的硬件和软件如何？

在当时，东大的条件应该比国内很多著名医院、大学的硬件和软件好。当然，最近十年国内的研究条件突飞猛进，与国外的差距越来越小，甚至有些方面还可能超过了国外。东大附属医院神经外科有自己的实验室，配备有三台拿来做动物模型用的手术显微镜，动物用的呼吸机，共焦显微镜，以及用来做蛋白基因分析等与神经研究相关的设备仪器、试剂应有尽有。另外，还有自己的饲养老鼠的动物房，医院内的每台电脑也都可下载文献。同时，还有充足的基金支持。有向日本学术振兴会申请来的基金，有医药公司提供的产品开发的研究基金，还有大学给教授的自由研究基金。

其中，共同或交叉研究较多。神经外科有病例资料的优势，神经外科医生有手术技巧的优势，而东大附属医院神经外科又在动物脑缺血模型的构建上有优势，声名远扬。所以常有药物公司提供资金要求做其欲开发的新药在神经保护方面的研究，也有神经药理研究室邀请一起做关于某个药物作用机制的研究，还会跟工科一起做开发构建CT、磁共振图像的三维融合图像的研究等。

博士生的日常是怎么样的？

首先，需要和导师组商量研究选题，看大量的相关文献，再做文献汇报，提出自己想做的研究的方案，导师组听取汇报并提出修改意见。而后，开始制作、训练动物模型，直到做的动物模型稳定下来，再用动物模型做预实验，汇报结果，听取导师组的意见。若预实验效果不理想的话，则需要寻找原因，修改实验课题及方案，再做大量实验，收集大量原始数据。每两周有研究组会，每人轮流汇报进展，听取导师组的点评及建议。

其次，有一定成果后，可以参加学术会议，交流自己的研究成果，也听和看他人的研究成果。我在京都做口头交流分享一次，在美国芝加哥国际会议上做海报交流一次，参加日本全国脑神经外科学会年会数次，以及在日本召开的国际神经科学会议一次。

当然，也需要每周参加神经外科科室的文献学习及教授查房，有空的话还可以去手术室观摩手术。

医学博士毕业有何要求？

　　博士生绝大部分的时间都在实验室里苦心做实验、搞研究，而博士能不能毕业，看的就是这些研究成果，以及最终完稿的一篇精美的、总结性的博士毕业论文。但和中国不同的是，这篇毕业论文将接受的挑战，不在于是不是已有你写的相关文章在SCI的杂志上露脸，而在于其能不能顶住"五人军团"的"狂轰滥炸"。所谓"五人军团"，是由本专业以外的五位医学院教授组成的论文评审团，他们将在每名博士毕业生的两小时答辩时间里，轮番甚至叠加提出问题和建议。"军团"成员们会要求博士们把所有问答情况记录下来，答辩结束后再重新整理、查阅资料，甚至做补充实验，从而更好地解决问题，并要把必要的内容补充到论文中去。最后，再把修改好的论文提交给评审此论文的"五人军团"，他们若认为你已达到博士毕业水平，签字同意，才可拿到博士文凭顺利毕业。

　　所以，前期的研究非常重要，博士论文的撰写也要高度重视。你的论文可以用这样的思路去写：研究的现状是什么样的，你想解决哪些问题，你为什么选择用这种研究方法，你对你的研究结果是怎么分析的，最后你得出什么科学结论，以后还能进一步做哪些研究，你的研究有何局限性等。

临近毕业时，齐藤教授特意让今井英明讲师抽出两周时间辅导我撰写博士论文，大大提高了我的博士论文质量。我博士答辩后，今井讲师又帮我一起修改论文，最后顺利获得论文评审"五人军团"的认可。

在日本东京大学四年半（包括读博前的半年准备）的博士学习生涯，对我人生及工作的影响巨大，特此记录。

记日本浙大校友会欢聚活动

　　日本三连休之际，酝酿已久的2008年初冬合宿活动如期举行。11月23日一早，浙大在日校友及其亲朋好友共四十余人分别从新宿、池袋、横滨、松户等地或坐宾馆的送迎巴士，或自己驾车，奔赴群马县草津町。各位校友平时工作学习繁忙，在异国他乡亦难得相聚，因此这次为期两天的校友聚会对大家的吸引力都很大。在车上，校友们就开始海阔天空地聊了起来，热闹非凡的氛围感染了同车的其他旅客，愉快轻松的心情也使沿途的风景看起来更加优美。路旁银杏黄、枫叶红，远处山坡层林尽染，再次让我感受到了日本深秋浓郁绚烂的色彩。

车子越往前行，秋意越浓，四个多小时后，我们抵达了海拔一千两百多米的目的地：草津温泉，位于群马县的日本三大温泉之一。这时的草津，已是小雪后的初冬，枝枯叶落，山风瑟瑟。

安顿完毕后，大家迫不及待地想去亲身感受温泉。首选目标当然是常被登载在日本风景挂历上的"汤畑"。汤畑位于草津町的中心，还未见庐山真面目，远远地就能闻到温泉特有的硫黄气味，而走到近处后，看到温泉破岩涌出、热气弥漫的场景，还是相当震撼的。从在日多年的校友处获悉，汤畑每分钟大约涌出三万两千三百升泉水，且是少有的酸性温泉。日本自古以来就有这样的说法，说这里的温泉水能治愈失恋以外所有的病痛。从每天有成千上万的人不顾交通不便而特地来此体验汤畑来看，其魅力非同一般。汤畑与其他温泉不一样的另一点是，天然温泉水在引入草津町的各家温泉宾馆之前，要流过七排方形木管道，让温泉中丰富的矿物质沉淀，而这些沉淀物就是家庭盆浴时自制的人工温泉浴的上等原料。汤畑边人群熙熙攘攘，有很多卖纪念品、表演歌伎的小店可流连。还有一处免费的露天泡脚池，我们很多人脱掉鞋袜，将双脚放在此温泉水中浸泡十余分钟后，果然疲劳顿消，走起路来脚下生风。

感受过汤畑的魅力后，我们往拥有一处很大的露天温泉的西之河原公园进发。途中穿过一条商贸小街，各种精致的旅游纪念品琳琅满目，更有人手托一盘盘刚出笼的热腾腾的、叫作"馒头"的小点心和茶水热情地请我们免费品尝。约半小时后，西之河原公园已在眼前。此处的露天温泉三面环山，约有半个足球场大小，中间用木排隔开，男女各一处。大家宽衣解带，浸入温泉后迅速暖和起来，在冷飕飕的初冬中行走数小时的寒意随之消除殆尽。斜躺在温泉池中，放眼远眺，空中秃枝寒鸦，地上枯草残雪，别有一番意境。半小时后，从池中起身，早已心旷神怡。

浴后，大家陆续回宾馆小憩，而本次活动的重头戏——亲睦交流晚会于傍晚五点半开始。四十余人聚在一室，在享受美酒佳肴的同时，新朋旧友畅叙欢聊，加深情谊。晚会后半场还有献歌环节，小朋友童声清唱，特别是校友们齐唱浙大校歌的场景使气氛达到了高潮。

晚会后还有第二次聚会，大家喝酒聊天，小孩叫，姑娘小伙闹，稍年长的吹牛爆笑料。大家全无平日的矜持，心情完全放松。

11月24日，大家用过早点后，在宾馆前打排球、羽毛球，并再次在蓝天白云下、在苍松翠柏前合影留念。然后兵分三路，一路再去汤畑泡脚，一路去邻近的国际滑雪场堆雪人，还有数人再去露天温泉泡浴，又度过了一个快乐安闲的上午。中午时分，大家各自登上送迎巴士或自驾车惜别草津，惜别校友。让我们共同期待择时再次相聚。

（原发表于2009年《浙大校友》第七期第三版。

有改动。）

学医大有可为

我的高考是在 1988 年，那是三十一年前的事了。

当年的我，也是个学霸，就读于我们当地的一所重点高中。母校每年会在全市中考后统招六个班，自己因中考总分排名全市第五，有幸成为班长，且连任三年。我们那时候，还是在高考分数知晓前填报志愿。我当时填的第一志愿是北京的一所著名大学的工科专业，但分数出来后傻眼了，虽然超过重点分数线，但语文、数学成绩掉链子了，因而跟这所全国闻名的高校失之交臂。

后来，总算是天无绝人之路。由于我是高考当年的地区级"三好学生"，有投档政策倾斜，且英语成绩为八十九分（满分一百分），被中国医科大学临床医学系的英文医学专业相中了。招生办的老师打电话给我就读的高中，问我愿不愿意转志愿就读。当时，我其实是想复读一年再考，但我的老父亲强烈建议我去学医。

其实，早在我填高考志愿时，我那从镇初中退休的教师父亲就"怂恿"我填报医学专业。值得一提的是，我的父亲虽然一辈子都在教育行业，但却对医学很感兴趣。他跟我说："不为良相，便为良医。现在工科不录取，医科找上门，这是天意！"在父亲的坚持下，我就这样选择了学医。

医学专业课程繁杂，要背的东西也多，而且中国医科大学临床医学系的英文医学专业学制是六年，要比一般的医学生多学一年。大学前两年，我很迷茫，经常想家，不肯用功，对功课也不是很感兴趣，所以成绩一直很不理想。

大学第三年开始接触临床相关课程，这下我来兴致了，突然发现医学还是很有意思的，学习成绩也越来越好。大学毕业后，因为成绩优秀，我如愿进入了浙江大学医学院附属邵逸夫医院的神经外科工作，成为了一名临床医生。既达成了父亲的愿望，也做了自己喜欢做的事情，心里觉得很满足。

2005年，我得到了一个难得的机会——去日本，去东京大学读博。那一年，我三十五岁，已在浙江大学医学院附属邵逸夫医院的神经外科工作了十一年。

组织一批优秀中国青年赴日读博是中国教育部和日本政府的联合培养项目。东京大学作为世界一流高校，招生非常谨慎，医学院一般只接收有一定声望的人推荐的学生读博，考生考前若找不到愿意推荐的人，便很难往下走了。

实际上，在日本，"博士"的说法可能并不准确，应该说"专士"才对。如果比较一下中日两国研究生培养的区别，最大的体会就是：中国读硕博，课程多，钻研少。我在东京大学学习四年，只上过一门神经科学的进展和一门统计学的课程，而且这两门课还不需要考试拿成绩，只看出勤率即可。

像我这样的博士研究生，大部分的时间都在实验室里苦心做实验、搞研究，而博士能不能毕业，看的就是这些研究的成果和最终撰写的一篇精美的总结性论文。苦读四年半，我最终完成了医学博士的研读。回国后的第二年，我便升任了医疗组长。

做了这么多年医生，时常有人会问我："做医生，你后悔吗？"

作为一个年轻的医生，工作节奏十分紧张，收入也不是很高，每隔四五天还要上个夜班（我们的夜班值班时间是连续上三十二个小时，一整天再加次日白天的八个小时，各医院有差别），工资也没有学工科的同学高。碰到值班，甚至连同学聚会都不能参加。我经常遇到聚会聚到一半，有时候甚至刚举杯就被叫回医院参加急诊手术。

但亲戚朋友都对我很客气。从我学医读大学开始，他们经常向我咨询各种健康问题，我参加工作后他们看病也经常找我帮忙，让我体会到了在亲戚朋友中不可或缺的价值。

后来，年资高了，慢慢变成"大医生"了，能亲手救死扶伤、挽救生命，甚至因此挽救病人的家庭，更加体会到"医生"这份职业的荣耀，以及给我带来的自豪感、荣誉感。所以，我不后悔选择做医生，我享受做外科医生这份职业。刀到瘤除，起死回生，不是很有大侠的味道吗？谁不想做大侠？

因医生这份职业，让我有还算体面的经济基础，最重要的是让我很有职业成就感。所以如果能再选择，我还是会选择学医，从事医疗工作。

最后，正值高考填志愿的当口，大家对是否鼓励现在的孩子们学医，观点不一。要我看，我还是会鼓励自己的子女或者子侄们学医。我的女儿就在我的鼓励下，选择了与医学相关的专业，目前就读于日本东京的一所高校。

不过在这里，我想提醒后来者们的是：学医，需要经历长期的辛苦，甚至你的整个职业生涯都会很劳累，如要上夜班、非工作时间经常有可能被召唤来救治病人等；学医，收入不会很高，特别是参加工作的前10至15

年；学医，即使你是博士毕业，毕业后你也只是半成品，需要在工作中不断积累，不断学习进步；学医，你需要养成非常严谨的工作作风，因为你的过失有时会是致命的。现在，病人和家属的医学知识及维权意识越来越强，对医生的能力及医疗行为的要求也越来越高。

我是1994年本科毕业后步入医疗行业的，那时，医院都还是公立的，医院少，医生少，病人经济条件差，医保制度也很不健全。现在，医疗行业呈现出多体制发展的趋势，医院、医生数量也有大幅度增长，社会经济更发达，全民医保制度也更健全了。这是好事，同时也对我们医务人员提出了更高的要求，当今社会需要更多的年轻人加入医疗队伍。

一个经济高度发达的社会，对健康的需求肯定会越来越高。有志青年，加入医学界大有可为！

（原发表于"医学界"微信公众号，2019-06-26。

有改动。）

脉脉亲语

我记忆中的母亲

　　我的母亲叫金桂英，于2022年8月7日（壬寅年七月初十）凌晨一点多驾鹤西去，享年八十八岁。她不完美，但永远存在于我的记忆中。

　　母亲出生在与我老家同一镇，且仅相距十里左右的一个小山村。她有一个哥哥和一个弟弟，我的外公外婆也很宠爱她。当时母亲家的家境不是特别贫穷，她从小爱唱歌，爱花（母亲之前的名字就叫蕊，后来结婚前后父亲把她的名字改成桂英），皮肤白皙，微胖（那时难得，说明营养好），机灵能干，也正是这些特点吸引着我那去她村当私塾老师的父亲的。但是天有不测风云，母亲十五岁时外公早早去世，过两年她十七岁嫁到我家，而那时我大舅舅已在解放舟山定海的战役中牺牲。她二十二岁时外婆去世，时年十六岁的小舅舅来我家生活，在我家资助下继续读书，"文革"前考上大学。小舅舅大学毕业后参加工作，结婚生子，他的第二个小孩即我表弟在快两周岁时送到我家来托我母亲带养，一直到要读书的年纪。我表弟比我小几岁，他来我家时我正在上小学，当时的我还很嫉妒母亲对表弟比对我好，连我那非常和善的奶奶都有类似的想法。

我父亲在解放前是私塾先生，解放后转为人民教师，在镇上的小学教书，平时只有周六下午回家，周日傍晚就要离家返校。再加上父亲是家中独子，所以，他想娶一个能干的老婆帮我爷爷奶奶料理家务，更何况我母亲还爱唱歌、皮肤白皙，对他这小知识分子而言是很有吸引力的。我母亲嫁过来后先后生了六个子女。第一个是男孩，但出生后七日左右得破伤风夭折了，后来我大姐、二姐、哥哥、三姐相继出生。本来不想再生了，也到了提倡计划生育的年代，但在我爷爷的要求下（因父亲是独子），作为幼子的我在1970年出生了，所以我们家是两兄弟三姐妹。

我母亲确实能干，自打我有记忆起，母亲就是我家的当家人。她曾跟着爷爷到生产队挣工分，其间也曾有一两年带着尚未念小学的我哥参加生产队的养蜂队；还曾速读半年书做了小学教师，后来遇上裁减教师潮时，我那思想先进、已是镇小学总校长的父亲把她裁减回家了。收工后，她还要和奶奶一起料理家务、带小孩。家里的经济大权也归她管，父亲教书挣的工资都会上交给母亲。但因我家吃饭的口多、挣工分的人少，所以总是"缺粮"，每年还需要把我爸的大部分工资拿到生产队里买口粮。且我们五个兄弟姐妹需要读书（因家里困难，我大姐小学三年级后就辍学回家帮忙，去生产队干活挣工分了），所以，家中日子过得并不富裕。我们小时候一天的四顿饭（因饭菜没有油水且农活重，老家的人当年都是一天吃四顿）往往是这样的：早上用大锅煮饭，烧开后把半熟的米捞起，将剩下的有少许米粒的米汤再熬一会就成了粥，就着没有肉只有少许猪油的梅干菜或烂豆腐（自做的豆腐乳），或各种自制萝卜干，冬天还有冬腌菜，这就是早饭；中饭就是用早上半熟后捞起的米烧的饭，菜除了早上的这些咸菜、腌菜外，母亲还会炒时鲜蔬菜，如青菜、菠菜、苋菜、四季豆、茄子、番茄等；下午的点心是煮番薯或粗糙的玉米糊；晚饭一般来说是手工面，面里的配菜有苋菜、青菜、土豆、腌菜等。

　　母亲手巧，她做的冬腌菜、各式萝卜干都很好吃，炒蔬菜里没有肉只加少许猪油也很味美。每隔两三周，她还会包一次馄饨给大家吃。一般是她自己和面，奶奶和我们兄弟姐妹一起擀皮、包馄饨，其乐融融。馅常是苋菜、切碎的豇豆等，偶尔加点豆腐那就上档次了，若是在豆腐里再加少许肉末就是最高档次的，往往是家里来贵宾时才有可能包这种豆腐肉馄饨。平常大概几个月才有一顿新鲜猪肉吃，只需用盐炒便十分美味。看到父亲或爷爷买肉进家，我们就开始咽口水，开始视觉和想象上的享受；当母亲炒肉飘出香味时，我们就开始嗅觉上的享受，连续不断咽口水；吃的时候就达到了人生享受的顶峰。母亲要求我们夹一次菜就一定要吃一口饭，不能多吃菜，特别是难得有好菜，如有豆腐或肉菜的时候。她和我奶奶好菜吃得少，都让给干重农活的爷爷及我们兄弟姐妹多吃。记得她和我奶奶还曾因长期吃咸菜、番薯等，经常反酸，坐着或趴着吐酸水。

家里养的鸡下的蛋，会在瓦罐里收集起来卖给小贩，我记得是五分钱一个，而我们只有在受伤或生病发高烧时才有鸡蛋吃（因此我小时候馋鸡蛋时经常希望自己生病发烧）。母亲和奶奶还养猪、养兔，我们兄弟姐妹便到处割猪草、拔草喂兔，将猪、兔养大后出售换钱。母亲有时还会做手工面换钱。父亲的工资，卖鸡蛋、猪、兔、手工面等换来的钱，母亲都会精打细算，因此我们虽清贫但在村里的日子还算好的。经常有村民因看病或小孩读书来我家借个几块钱，一般来说也能借给他们。我父亲周末离校时经常会给我们兄弟姐妹买点水果、干果带回家，这是我们的快乐时光，也是我们跟村里小伙伴炫耀的资本。我记得我曾经跟小伙伴炫耀我有香榧、人造肉吃，那时大家甚至都不知道这些食物长啥样。节俭的母亲也允许父亲给我们买这些东西，但她自己很少吃。

每到大年三十，母亲也能安排周到。我家门前挂着父亲做的走马灯，我们则穿着母亲买布请人裁做的新衣，手里拿着父亲给我们糊的灯笼玩耍。母亲准备的年夜饭有肥肉、瘦肉，有盐煮大肠、小肠，有年糕、馒头。我们兄弟姐妹用筷子抢这抢那吃；爷爷没牙的嘴巴里嚼着肥肉，一嘴油流出来沾到他的山羊胡子上，随着他的咀嚼，山羊胡子上的油光也一晃一晃的；奶奶踮着三寸小脚、扶着灶台不断地给我们准备吃食。这清贫年代的幸福，何尝不是因为有慈祥善良的爷爷奶奶，因为有教书发工资的父亲，更因为有勤俭持家、要强能干的母亲大人而显得格外珍贵！

我小时候经常挨揍，"我妈已经三天没有打我了"的情况在我身上很难发生。我和村里小伙伴打架，不管对错，回家就挨揍；调皮搞小破坏，挨揍；夏天和小伙伴去溪里、池塘里戏水游泳，挨揍；不小心把碗摔破，挨揍；干活偷懒，挨揍；和寄养在我家的表弟闹矛盾，挨揍……反正，除了学习（我从小一直学习好）以外，其他事都有可能成为我反复挨揍的原因。母亲揍我时，我若跑出去躲揍，天黑回家补揍后才能吃饭、睡觉。有时为防我那慈爱的奶奶用身体来阻挡打我这小孙儿的棍棒，母亲还会把我锁在房间里打。有一次母亲追打我到野外，我从一道高高的沟壑上跳下去逃跑，以为能逃过一劫，却没想到母亲也毫不犹豫跳下来继续追打我。她每次一定要打得我这顽劣小儿讨饶为止。

母亲一直十分勤劳，土地承包到户、改革开放后母亲更勤劳了。我奶奶、爷爷相继过世后，她跟退休的父亲一起耕种土地、养蚕，有时还做点小生意，到我在金华工作的小舅舅那里去批发点中药材补品、肥料等来卖，也种过中药材半夏卖钱。父亲是体弱的教书匠，农活不精，体力也不支，因此种地、养蚕都以母亲为主。母亲不辞辛苦，拉着父亲一起劳作，不管刮风下雨，坚持田地劳作、采桑养蚕。我1994年大学毕业后，家里已没有什么大的支出，且父亲的退休工资也足够他俩在农村过上不错的生活，但母亲依然坚持养蚕挣钱四年左右，时年我父亲已七十一岁，母亲已六十四岁。1998年至2005年期间，劳苦的养蚕停掉后，她又带父亲在家做锡箔加工（磨压锡箔纸），口头上说是闲不住，其实还是那颗要强的心驱使的。父亲2007年年底（享年八十岁）去世后，母亲还一直坚持自己种菜，直到因生活不能自理去了敬老院。每当逢年过节我们把她接回老家时，她一看到土地荒芜就指挥我们种这种那，虽然她也知道我们工作劳累不愿种地，但她就是忍不住要指挥我们在土地上劳作。

家里的男人（我父亲）长期在外地工作不在家，父母早亡，要供自己的弟弟念书，五个子女也要带养读书，此种种原因，使脾气差、吝啬也成为母亲性格的一部分。我小时候，可能因生活清苦，她经常因小事与我爷爷奶奶吵架，对我那教书三十多年且很早就是镇小学总校长、镇初中创办者同时又是第一任校长的父亲也不客气，两人经常会因小事争吵。她和村里人的关系也时好时坏。年纪大后她的生活逐渐不能自理，去我大姐家住过几段时间，她不满意；请过几个保姆（包括她年轻时的闺蜜），她也不满意；去敬老院，也不愿意去。好不容易把她"骗"进敬老院，她又经常打电话跟我们说敬老院不好，要回家……她对钱管得很牢，小时候过年她和父亲不仅不给我们压岁钱，还会要求我们把在外面拜年拿到的压岁钱都上缴；我们在外地读书时她给的零花钱也很少……

小时候，她经常跟我们兄弟姐妹说"要有志气"。她说的"有志气"，不是要我们读书有多好（她从来没要求过我的读书成绩），她要求的是我们做人不要被人看不起，更不能做偷鸡摸狗的事。在她的严格要求下，我们五个兄弟姐妹都健康成长，组建的家庭、养育的下一代也都"有志气"。

　　写此纪念文，回忆起母亲生前的点点滴滴，我数次哽咽流泪，不能自已。母亲虽然不伟大、不完美，也没做过什么轰轰烈烈的事，但她永远留在我们兄弟姐妹的心里，留在我们大家族各成员的记忆中。有一首诗很好地表达了我此时的感受："门后训子棍犹在，堂前再无唤儿声。儿时记忆今还在，难见双亲在何方？"

　　安息吧，严母！

我记忆中的父亲

　　我父亲陈邦朵（当年村里的老童生给他取名字时，朵字是左侧带绞丝旁的，但《新华字典》里没这个字，只能在《康熙字典》里查到），已经离开（卒于2007年12月2日）我们十四年又半载余。2022年8月我因疫情居家隔离，难得有闲暇时光，回忆写此小文以纪念我那敬爱的父亲。

　　我老家在浙江兰溪、浦江、义乌三县（市）交界处的一个只有一百多户人家的小山村，村名叫冷水湾。为何叫此名，没有很好的缘故，大概只因有一条窄窄的小山溪流过我村吧。

　　我知道的故事要从我太爷爷开始说起。太爷爷勤劳能干，一共有五个儿子和一个女儿。一开始，我们大家族的日子过得和村里一般人没什么两样，甚至是中下水平。太爷爷没日没夜地劳作，大儿子（也就是我爷爷）、二儿子长大后也勤劳肯干，添手和太爷爷一起耕种，家境慢慢厚实起来。太爷爷的三儿子即我三爷爷，英俊潇洒，长大后到外面闯荡，后来入了行伍，表现突出，当了官娶了江西富家千金为妻，后来还到黄埔军校学习过。太爷爷的四儿子即我四爷爷，天资聪慧，特别是计算能力超强，我小时候亲眼看到生产小队的会计打算盘算也比不上四爷爷的口算快，所以四爷爷在大家族里管账兼做些小买卖。太爷爷的小儿子也就是我小爷爷，也聪明能干，他只比我父亲大一岁。小爷爷小学毕业时，太爷爷英年早逝（当时医疗条件差，因痔疮不断出血引起的慢性贫血所致），爷爷的几个兄弟及妯娌们商量，大家庭只能供一人继续读书，作为长子的爷爷毫不犹豫地把机会给了自己的小弟弟。小爷爷初中毕业后做了老师，因表现优秀很快成为县城某个小学的校长，可惜后来四十多岁时突然因急病去世。

太爷爷不但勤劳肯干，还有很多普通农民少有的长处。他会吹拉弹唱，是村里锣鼓班的领头。他很有经济头脑，有计划地买田买地。太爷爷有余钱时还常会借给村里穷人并收取一点利息。听我爷爷说，每年除夕，作为家族长子的他要去各家讨账，还不起钱的借家只一个劲儿地劝他喝酒，爷爷也不强讨强要，因此酒量超好的他每年除夕夜到各借家讨钱回来后也已酩酊大醉。太爷爷在去世前，特意把借了钱但估计还不上的好多特困户的账目勾销掉，不要他们还了。不过在他去世后，还是有好几家已勾销掉账目的特困户有钱后再来我家还钱的。

太爷爷对大儿子的婚姻也早早做了安排。我爷爷十岁时就娶了邻近一个叫岭脚的更小的村里的十一岁的女孩。奶奶嫁到我们大家族后，孝敬公婆，爱护小叔子，虽是一双三寸小脚，但家里磨米磨面、劈柴做饭、织布做衣等活儿样样做得好，任劳任怨，且和爷爷两小无猜，感情很好。爷爷十九岁、奶奶二十岁那年，即1928年的农历三月廿三日生下了我父亲。父亲是爷爷奶奶的长子，也是当时大家族里的长子。

父亲的童年及青少年是在当时的大家族里度过的。因我们大家族在村里条件还不错，他在老家也有书读，一直到小学毕业。但小学毕业后，因家族不再提供读书钱他只能暂时歇了下来。爷爷奶奶看我父亲闷闷不乐，又因他身子骨天生瘦弱不是干农活的料，他们就把自己的私己钱拿了出来，让我父亲去几十里之外的义乌县佛堂镇念初中。那里有个初中叫私立大成初级中学，学费稍便宜点。父亲挑着担，担子的一头是咸菜干和简单的换洗衣裤，另一头是要吃几个月的米，翻过陡深岭，徒步十余里山路，过上溪，到佛堂读初中。听父亲自己讲，初来时他在班级里的成绩还是末尾，但经过一个学期就名列前茅，且一直保持优秀。不过还是因经济问题，他在大成中学只读了一年多便不得不再次辍学回家。

此后，他开始到邻村去做私塾先生。那时做私塾先生的收入不高，他同时还自学中医知识，听我母亲说他倒也学到了两把刷子，对治疗麻疹（那时没有疫苗，农村小孩得麻疹的很多）和发烧还有点本事。父亲在离老家十里地的一个叫黄大塘的小村里做私塾先生时，看上了皮肤白皙、聪明伶俐、爱唱歌、爱花的一个十六岁左右的姑娘，名叫金蕊。姑娘的父亲刚刚去世，姑娘母亲觉得此教书先生虽然个头不高（一米六稍过）、脸上有点坑坑洼洼、体弱、背微驼、声音偏哑且常干咳，但到底是个教书匠，看上去也面善，家境也说得过去，是独子，而自己女儿也比较任性，嫁过去后可能家庭矛盾少一点，就答应了婚事。1951年，二十四岁的父亲娶了十七岁的母亲。结婚前后，父亲把母亲的名字改为金桂英。

　　父母结婚后不久，爷爷他们几个兄弟商量后决定分家（太爷爷、太奶奶都已过世）。那时老家已解放，父亲从私塾先生变成了光荣的人民教师。分家前，我父亲有一笔来自学校的补贴发下来，有了此钱，四兄弟（那时三爷爷杳无音信）决定在村的最里面一个叫石榻下的地方造个土木结构的四合院以供分家后的两户人家住。父亲用此笔补贴付工匠的工钱及买铁钉、石墩、石门槛等材料，木料取自我们自家山上种的树，石灰（那时没有水泥、钢筋等材料）则是几个爷爷从浦江县城买来，翻过五路岭古道一担担挑来的。这样，大家庭就有了在村里陈氏厅堂附近（具体地点叫明堂里）的故屋两处及新四合院一处。我们家和四爷爷家分到新四合院。新四合院靠山面西，有两层共七间房屋。我们家分到北厢三间，四爷爷家是南厢三间。四合院正中一间作为四兄弟各家的共用屋，若当时杳无音信的三爷爷回来就算他的财产，给他用。

搬进新家后，父亲和母亲开始孕育下一代了。大姐、二姐、哥哥、三姐与我这幼子相继出生后，我们家变成了有九口人的大家庭。家里的分工是这样的：爷爷和母亲到生产队劳动挣工分，爷爷傍晚回来再管理我家的自留地；奶奶因是三寸小脚，行走不便，留在家做家务，母亲傍晚歇工后回家帮奶奶料理家务。因有九口人吃饭，而经济收入有限，我大姐在小学三年级后就不得不辍学回家去生产队挣工分，傍晚再帮爷爷管理自留地，当男孩子用。家里的主要经济收入是靠父亲做小学老师的工资，我听父亲说他早年领了很久的十七元的工资，后来升到二十七元，到改革开放后才有较多的提升。

父亲虽然工资不高，但教书工作做得很积极。父亲先后在长陵乡小学、横溪镇中心小学工作并任校长，后来兼横溪镇小学总校长及镇政府教育干事，再后来主持创建横溪初中并任第一任校长。因学校离家有十里地，父亲平时上班都住在学校。他每周日不吃晚饭就回学校，下一周周六晚饭前回家来和我们团聚，有时周末去县里开会就整周不回来。母亲经常埋怨父亲太积极，在外地教书的其他老师一般都是周一早上才离家。但父亲总是说学校有这事那事、他要以身作则等理由，风雨无阻地定时离家。

父亲因为是老师、校长，我们当地镇上的五十到八十岁的人几乎都知道他，很多人还是他的学生。他教书育人，为人师表、爱岗敬业、严以律己、宽以待人、热心助人等优良品格为他自己在家乡赢得极大声誉。我们跟家乡的人说起是他的子女，都会得到许多赞许的言辞和羡慕的目光。

父亲关心下属，跟绝大多数同事关系很好，也没有校长的架子。同事有困难，如确实有需要调动学校工作，父亲都尽可能体谅、安排。记得他在任的时候，镇里有两名老师不幸去世，但其子女按国家政策还够不上顶职，他就去县里多次汇报、要求，最终得以圆满解决。

父亲求才若渴，办学成绩斐然。上个世纪80年代初，父亲主持创建镇初中，校舍建好了，但因"文革"刚结束不久，教师稀缺。父亲便努力争取大学、中专师范的优秀毕业生来校工作，予以优待。还把我二姐、三姐嫁给其中两个来校工作的优秀年轻老师。另外，他还在社会上不拘一格招人才，有几名是"文革"前的金华一中毕业的高才生，但因家庭出身不好，不能念大学只能在家务农，都被我父亲招来，先做民办老师，过几年后转为正式的人民教师。他们成为了横溪初中教师队伍的中坚力量，优良的教学质量让横溪初中的毕业生都很优秀，前几届每届都有很多毕业生考入兰溪重点高中，现在活跃在各行各业，甚至第一届毕业生中有人现在已是解放军少将。我是横溪初中的第四届毕业生，我们那届有三个毕业班，有十五人考上兰溪重点高中。父亲在改革开放前的那几年，还在区里创办了蚕校（以教授养蚕技术为主的简易高中），此蚕校维持了数年，让当时很多没被分配到念高中名额的本乡学子有机会读完高中，更帮助相当一部分毕业生在社会上有所成就。

父亲据品才培养接班人。因身体不佳，父亲五十多岁就退休回家了。那个年代，前任选择谁做接班人的影响权重较大。父亲不据亲、不据关系，根据才能及品德挑选了几个接班人，他的继任们也不负众望，得到了大家的认可。

父亲清廉一生。父亲做了多年校长，招聘、调配整个镇的初中和小学教师，也主持创建了横溪初中，在一定程度上，他有人事、经济、基建等方面的权力，但他从不以权谋私。自我小时候记事起，经常看到有教师欲调换工作所在学校，拿着糖果、糕点等礼物来我家找父亲说情、求帮忙。走时，父亲都把东西退还。横溪初中整体基建的大事也都是父亲审批的，但他绝没有藏污纳垢、贪污受贿。

父亲鼓励亲友上进。我小舅舅因父母双亡，十六岁时来投靠姐姐和姐夫。爷爷奶奶把小舅舅视若己出，生活上面大力照顾；父亲则对小舅子的学习时时督促鼓励，资助他考上大学，毕业后分配到好工作，组建了幸福家庭。父亲还帮助鼓励他的一个堂弟、一个表弟做了民办老师，后来他俩又凭自己的努力顺利转为正式编制的教师；他还给一个参军入伍的表侄到处借高考的复习资料，帮助他顺利考上军校，改变人生命运……

父亲内秀，有很多特长。他会篆刻、画画，特别是字写得极好。村里恢复抬阁表演时，数十面龙、虎旗都是父亲画的（我也有幸画了一面虎旗）。他的字，在镇里是出了名的好的，镇里好多亭、庙的牌匾都出自父亲的手迹。老家农户的箩筐等农具、家具置新的时候都要请人把自家姓名用大号毛笔字写上（方言中称"号上"），如"某某办""某某号"。同村的大多数人家包括临近村的，都把新箩筐等拿来我家请父亲号上大字，说有这么漂亮的字挑出去有面子。父亲也很愿意做此事，来者不拒，虽然母亲有时要唠叨几句，说他不干活尽干些没用的事。村里每每做戏，戏台对联的拟定和撰写也定是父亲的活儿。父亲对戏台对联的拟定很重视。父亲、我哥及我，我们父子三人有时要想好几天，经过热烈讨论才能确定，再由父亲用他隽秀的毛笔字撰写好。戏台下各村来看戏的，看到戏台的对联有内涵，字又漂亮，每每赞誉有加。我们父子仨也很有成就感。

父亲还喜欢帮人取名字，村里很多人的名字都是父亲取的。他是校长，请他取名字是一种光荣，且他取的名字既好听又有文化。我儿子，即他的第二个孙子的名字也是他取的。父亲还会做风筝、走马灯，糊兔子灯笼。

我们兄弟姐妹夏天常在野外放飞父亲做的风筝；除夕夜家里门前挂着父亲做的点了蜡烛后会转的走马灯，那走马灯上转着的一幅幅栩栩如生的小画也是父亲绘的；春节期间我们还会牵着父亲做的有轮子的兔子灯笼跑来跑去，兔子耳朵还会前后晃动……

　　父亲退休后回归家庭，却仍发挥余热参与村里服务。父亲五十五岁（1982年）退休，直到八十岁去世，在农村老家生活了二十五年。退休后他拿起锄头，和要强的母亲一起耕种承包地。起初田里种水稻、小麦、高粱，后来年纪大些后便把离家较远的田跟人家置换到离家近一点的小田，种各种蔬菜。父亲慢慢地从教书匠成为种菜能手。我们子女回家去探望二老，回来时都能满满地带一车后备厢的他们种的蔬菜回家。自家山地上还种了很多桑树，他和母亲采桑养蚕十余年，直到1998年左右。辛苦的养蚕劳动停掉后，母亲又带着父亲在家做锡箔加工。父亲自小体弱，但母亲要强，他也只有顺着母亲一起辛苦劳作。父亲退休回村后还参加村里党支部活动，参与村里的管理建设。他是一股清流，协同村里干部更好地为村民服务。

父亲对我们子女慈爱、不宠溺，鼓励进步，且教子有方。他对我们兄弟姐妹五个都一视同仁。

我大姐读完小学三年级后就辍学帮家里干活，大姐成家后，父亲总是跟我们兄弟俩说有可能的话要多帮帮她。因二姐无法在本地念高中，父亲就通过邻县教育界朋友的帮忙，让二姐在邻县一个叫花桥乡的地方念完了高中。改革开放初期，镇里办了丝绸厂，父亲跟领导们求情要了一个名额，让二姐去做了纤经工。二姐争气，基本年年都是厂里的优秀职工。后来，父亲把二姐嫁给横溪初中的优秀青年教师，二姐夫也凭自己的能力很快成为了小学校长。三姐成绩一直很优秀，本来考上大学的希望很大，但她读高三时出现了严重的鼻炎、头痛、失眠的病症，成绩急剧下降，没能考上大学。父亲急在心里，于是做出决定，不再担任镇初中校长及镇教育干事，早早退休，让我三姐顶职做教师，且把横溪初中的另一名优秀青年教师（1978年考上大学的镇里稀少的大学毕业生）介绍给三姐，成为我的三姐夫。

我哥是在"文革"时期在镇里的蜀山中学念的高中。高中那时基本不教文化课，主要是学工学农。恢复高考那年，我哥正好高中毕业，他去参加高考，却完全蒙了，很多题目都看不懂。父亲鼓励他，给他到处借高考复习资料，请老师帮忙辅导。1978年他再次高考，仍未成功。母亲想让我哥到生产队干活挣工分去，父亲却坚决反对，鼓励他再复习、再反复做题，再请老师辅导。终于，我哥第三次高考考上了浙江农业大学环境保护系。我哥成为了我村历史上第一个大学生，九年以后我考上重点大学成为我村历史上第二个大学生。父亲的两个儿子是村里的第一个、第二个大学生，这是父亲最荣耀、最自豪的事！我哥毕业后，分配到兰溪工作，后来成为县管干部。

我小时候顽劣，但读书成绩不用愁。父亲只动手打过我两次，都令我印象深刻。一次是在我小学一年级的时候，他发现我在文章中连着读课本里的字非常流利，甚至可以说倒背如流，但遮住周围，让我一个字一个字地念，我就会有很多字不认识！他揍了我一顿，且以镇小学总校长的身份叫任课老师对我严加管教。还有一次是因为他和母亲在地里辛苦劳作回来后发现我不在家学习，却在村里疯玩。父亲一般不让我去田地里劳动，而让我在家学习，他和母亲去劳作。我小时候也讨厌干田地农活的辛苦，他不让我去正中我下怀。我一般时间控制得很好，父母亲离开视线后，我就出门玩耍，估计他们快回家了我再及时回家做出刻苦学习的样子。但那天玩过头了，被父亲发现了我的伎俩，就狠狠挨揍了。

小时候我对父亲的印象，主要是慈爱。他周六傍晚回家时，手拎皮包里往往装有时鲜水果，如桃、梨、李子等，在水果不济的季节则会有干果（瓜子、花生、核桃、小核桃、香榧等）、糖果等，量不多，但往往每次都有。我一般在他快到家的时候，就早早坐在门口看他有没有出现，只要一看到他的身影，就喊着"爸爸！爸爸!"飞奔过去,抢过他的皮包,只顾翻看有啥好吃的,不再搭理父亲。但我记得父亲还是很享受这样的场景的,这也是我童年中很美好的回忆。我读的初中就是父亲创建的,在我进初中的时候他还是校长,到我初一下学期时他就退休不做校长了,但他仍叮嘱初中老师们对我严加管教。我的高中是在县城的重点高中念的,他基本不认识那里的老师,我便终于挣开了些他的掌控。

高考后我考入远在东北沈阳的中国医科大学,这也是他建议的,他说不管盛世还是乱世,医生这份职业总是能养家糊口的。那时没有高铁,没有传呼机,坐不起飞机,也打不起电话(老家也没电话),而沈阳到老家的距离有一千九百多公里远。我从老家出发去大学,要先坐三轮车到横溪镇,再坐从横溪到金华汽车北站的两个小时的长途汽车,先到在金华的小舅舅家投宿一晚。第二天从金华坐四五个小时的火车到上海,再从上海坐三十个小时左右的火车到沈阳站。当时买的都是硬座,有时只剩无座,根本没想过要多花钱去买卧铺。后来有了从沈阳北到金华的火车，就快了些，也省去到上海换乘了。离家虽然很远，但我们父子之间几乎不间断的书信往来，都给了各自很大的安慰。我大多写的是学校、身边的趣事及学习的课程内容，大概一周后书信能寄到父亲手里。父亲的回信大多写的是村里的事、我们家里的事，以及对时事的分析和对我的勉励，再过一周后父亲的书信到我手里。这往来的书信是我们父子之间的思想交流，也加深了我们父子之间的感情。可惜，这些书信都未能很好地保存下来。

我大学毕业后到位于杭州的浙江大学医学院附属邵逸夫医院神经外科工作。我和父亲之间还是经常有书信往来，父亲也还是经常勉励我，帮助我适应环境的改变，教我工作的方式及和同事相处的方法。我刚毕业参加工作的第一年，他说服我那节俭的母亲给了我两百元（比我半个月工资还多），让我买了套《黄家驷外科学》及相关的医学书籍。父亲鼓励我要不断进步，鼓励我念了在职硕士研究生，后来对我申请奖学金去日本东京大学读博士也很支持。我的不断上进，和父亲对我的勉励息息相关。我有进步，他很开心；我受到挫折低沉不已时，他耐心鼓励我。还记得我在大一、大二时，对大学六年这么长的学制深感迷茫，不爱学习，成绩也很不理想。父亲就联合曾教过我的老师跟我谈心，说我很有能力，只是潜力没有发挥出来。在他们的鼓励下，我端正学习态度，成绩快速提升，在大学本专业名列前茅。

2005年我去日本读博，后来我爱人也带着女儿来陪读。父亲知道留学生在国外学习期间可再生一个小孩这样的政策后，就极力鼓励我们再生一个男孩。（这也是传统思想对他的影响。）我们的儿子在东京出生后，我便第一时间将消息告诉了他。据我母亲和村里人回忆，他得知后，欢欣喜悦了好多天，甚至在这几年里从没看到过他这么开心！可惜数月后父亲因脑溢血突然离世，生前未能见到让他晚年非常开心的小孙子。

父亲离开我们已近十七年，往事历历在目。他在我脑海中的身影还是那么清晰，他的处世观念、待人方式依然值得已到知天命年纪的我模仿、研学。

父亲，是优秀的父亲，是优秀的人民教师，是品德高尚的人。他，是近乎完美的小知识分子，深得家乡父老乡亲的敬仰，我们兄弟姐妹也永远爱他、感谢他的养育之恩。我们兄弟姐妹及家族后人唯有学父亲之精神、效父亲做人做事之风格，修身自我，以告慰父亲的在天之灵。

女儿成人寄语

爱女如晤：

陈家有女初长成，你今天在学校参加成人仪式，作为爸爸，我由衷地向你表示祝贺。我和你妈妈最大的愿望就是你和弟弟学有所成，过上幸福快乐的生活。我受你妈妈的委托，给你写此信。

十八年前，那是 1998 年 7 月 20 日的傍晚。你妈妈在省妇保分娩，我在产房外面着急地想着应该给你取什么名字。你呱呱坠地后，我也还没想出好名字来。几天后，我与同事聊起女孩子的名字如何如何时，一个鲜亮的名字"天乐"进入我的视线，就此成为你一生的符号。因为我和你妈妈希望你天天快乐，快乐学习、快乐生活。

你拥有快乐的童年。你上小学前天真烂漫，无忧无虑。我们的同事朋友看到你都说你可爱、漂亮、聪明。我们没有给你学习的压力，那时给你报的兴趣班也都是舞蹈、绘画一类的。

你的小学、初中阶段学习不容易。你到了上小学的年纪，而我这时候刚到日本留学。隔着东海，我和你妈妈视频聊天时，你妈妈说得最多的就是你学习跟不上。每每看到你妈妈焦虑的面容、你那无奈的面容，我很心痛。小学二年级结束后，你和妈妈来到日本。你还记得妈妈给你的一个绿皮笔记本封面上贴的字吗？"来日腾飞！"在日本，我们一家虽生活艰苦，但其乐融融。你在日本小学的学习表现很不错，我们对你日语的进步也感到很满意。你回国前和同学们去参加夏令营，你的日语水平甚至让当地人都辨不出你是外国人。2010 年你和爸爸先回国。爸爸想让你进入杭州好的小学，带你去×××小学考试，但成绩非常不理想，没法儿进。后来就去了×××小学，你也努力了，但成绩仍然不理想。我们还努力过想让你进艺术学校，但也不能如愿。你的中考成绩连上杭州"优高"都勉勉强强，还好通过努力，让你进了外地的×××高中。高中的前两年，你经常打电话来哭哭啼啼，想家想回来。我和你妈是多么恼你不争啊！

进入高三后，你改变了很多，也愿意听我们烦琐的教导了。但几次学考的分数，离你的目标、离爸爸妈妈的期望还是相差很大，爸爸一跟你说你的大学、你的未来，你就流泪。我和你妈妈也一直为此感到揪心。

再渡扶桑，愿终成大业！爸爸妈妈想来想去，还是觉得你去日本读大学最合适了。你有在日本生活、学习的基础，我们一家对日本也都很熟悉，在日本也有些朋友，你在日本打拼数年定会有所收获！此路已铺开，你已迈上这条属于你自己的道路！国外的学习生活有很多困难，有寂寞，但唯有勇往直前，不畏艰辛，方有满意的收获。时不我待，只争朝夕。努力打拼，不负青春！

　　爸爸妈妈相信，我们的女儿是很懂事、很要强，也很能干的！春秋五霸之一的楚庄王曾对一只三年不鸣不飞的大鸟点评道："三年不飞，飞将冲天；三年不鸣，鸣将惊人。"我和你妈妈相信，你会通过自己的努力，创造属于你的辉煌，给我们带来荣誉和骄傲！爸爸妈妈一直为拥有你这样的女儿而自豪！

　　"把握生命里的每一分钟，全力以赴我们心中的梦。不经历风雨，怎么见彩虹，没有人能随随便便成功……"

　　爸爸妈妈永远是你最坚强的后盾，是你的避风港。只要你努力，不管你有多少成就，我们都开心、都满意。爸爸妈妈永远支持你！

儿子读高中的寄语

你现在去住校念高中了，我为你感到高兴。不过，老父亲我还是有很多话想跟你说，你妈也叫我给你写点开启新征程的寄语。故成此文，借此希望我们来一次较全面的沟通。

让我们从你的出生说起吧。2005 年 10 月我公派赴日本东京大学攻读博士学位，大半年后你母亲携你姐姐来日本陪读。我很清楚地记得，你妈怀你的时候，你就不老实。你妈妊娠反应很重，经常呕吐，你还在她肚子里踢来踢去，甚至翻身打滚。你出生的当晚，我和你妈、你姐正在我们在东京大学边上的租房里看NHK（日本放送协会）电视台的动物节目，当看到美国野牛在黄石公园里撒野时，你就忍不住要出来见世面了。在你妈有产前规律阵痛后我们叫了出租车（这也是我们第一次在日本叫出租车），赶往我们租房附近的文京区的一家产科医院。生你的过程也不太顺利，次日凌晨是产科医生用产钳把你拉出来的。日本的产科医院把你的第一声哭声录在电子相册里，你出生当日一早，我回到租房，很开心地把你的哭声录音放给你姐姐听，也打越洋电话给你爷爷奶奶、外公外婆听。你爷爷知道他的小孙子顺利出生后，非常开心。后来村里人跟我说，知道你出生后的十余天里，你爷爷拥有了在晚年从来没有过的开心，村里人都能看到你爷爷整天面带着发自内心的微笑在村里走来走去。

你出生后在医院里也闹了些插曲。你出生后的数天里，产钳夹过的鼻根依旧红红的，样子看上去有点滑稽。大概在出生后第二天，你还因呼吸突然停顿被送到婴幼儿监护室观察，待了两天出来后又出现了较严重的新生儿黄疸，被送去照蓝光。

你的幼儿期给我们清贫的留学生活带来了很多乐趣。你和你妈从医院回到东京的租房里后，我们一家其乐融融。你姐努力练好抱你的姿势，我和你姐还互相配合着每天给你洗澡。但是晚上你的吵闹声影响了我们的休息，也影响了我和你姐第二天的学习。所以你满月后没几天，你和你妈就坐飞机回你外婆家了。你回外婆家后不久，那是一个冬天，离过年还有一个多月，你爷爷不幸因脑溢血离开了我们。你爷爷在离世前因昏迷住在邵逸夫医院的监护室里，我和你妈还特地把你抱到他的床前，我们很想让他看看他心心念念的、给他的晚年带来巨大快乐的小孙子。

春节后，你妈把你带回日本的我们的小家。你有时晚上清醒数小时，我陪着你，你看我，我看你。你胃口不错，不挑食。再稍大一点后，你就能在租房里爬来爬去了，而且爬得很快，有时我们一不留神，你就爬出门外爬到走廊上去了。再大一点，你还能自己爬铁楼梯上下（我们住在二楼）。你流着口水、四脚着地快速爬的样子还一直深深地印在我的脑海中。我们在东京的租房在上野公园旁边。傍晚，我在读博做研究之外的闲暇时间里经常推着你去上野公园的不忍池或附近的上野动物园溜达。人家是遛狗我是遛娃。天黑了，你姐也放学回家了，我们一家四口聚在一起吃晚饭。周末若有空余时间的话，你妈会准备些おにぎり（饭团），我们便会去海边公园、水族馆等地玩上大半天。等你一周岁后，我们白天把你送到租房附近的保育园，我或你妈每次去接你离开保育园时看到你那灿烂天真的笑脸就很开心。你和姐姐在日本东京陪我们留学，清苦而温暖。等你两周岁半左右，我博士毕业后就回国了（2010年3月底），而你妈在日本的修士课程还有一年，迟我一年回国。

你的学前期生活波折多变。我博士毕业前，把你先送回国，寄住在你大姑家。你刚到你大姑家时，言语尚不流利，经常爆出些简单的日语单词，如たまご（鸡蛋）、ねこ（猫）等，你大姑现在还记忆犹新。可能是因为小小年纪但环境多变，你经常半夜惊醒，害得你大姑和大姑父经常要半夜起床抱你或陪你玩。我毕业回国回到邵逸夫医院工作后，在医院的宿舍楼租了一套房，工作步入正轨后，让你大姑带你来杭州团聚。等你妈修士毕业2011年回国后，我们一家人又团聚了。你上幼儿园后，我们搬了一次家，离你幼儿园近一点。后来，我们在九堡街道买了房，就是现在住的房子。

九堡的房子，临江，环境优美，小区设施也齐全，有儿童乐园，有游泳设施。你经常和小朋友在小区的儿童乐园里嬉戏，或飞快地骑车绕圈，或夏天在露天泳池里戏水练游泳。到了上小学的年龄，因我们的房子在九堡，属地的教育条件不佳，我和你妈努力想把你送到城区的小学里念书。小学离我和你妈的工作地很近，但距我们的家开车则有二十多分钟的车程。你妈为了你早上能多点时间睡觉，毅然决定到你学校边上租房，而弃我们新购不久的大宅不住。你妈在你小学阶段努力帮你培养学习习惯、爱看书的习惯，努力和班主任联络感情，家校齐心协力。你的学习成绩和体育能力也没有让我们失望，你参加过区运动会，还在小学毕业时拿到了"钱江少年"（区级"三好学生"）的荣誉。

但到了初中，你却让你妈操碎了心。在你妈的主导下，我们又把家搬到你初中学校的附近。你妈希望这样能让你早上多睡一会，也可多利用一下学校的体育设施（你一直以来喜欢体育）。初一、初二时，你的表现还很不错，成绩虽然不突出，但能保持在班里的十五名左右。到了初三，你出现了厌学现象。回家后就抢你妈的手机，听广播、刷小视频，晚上折腾到凌晨一两点才睡，家庭作业也不认真完成。早上你妈叫你起床上学，你一脸不高兴，还会赖床拖时间，逼得你妈在送你上学的路上车不得不开得飞快。甚至，临近中考前的一两个月，你还有几天找理由不肯去上学，把你妈逼疯的一波波操作时有发生。

现在步入高中后，希望你能懂事，腾飞。上高一前的暑假，我让你来我工作的医院见习了一天，让你看看医生的一天是如何工作和安排作息时间的。你看了后虽觉得新鲜，但对你的学习动力、学习习惯似乎没有影响。现在你进入高中，平时住校，只有周末回家。你妈说你平日晚上打电话回来时说在学校很开心，这让你妈和我都很欣慰。我们希望你能健康成长，以后进入一个相对不错的大学，学得一门技术，找个自己热爱的工作，过上你想要的生活。要达到此目标，需始于足下。

从高中开始，你应当尽力过好每一天，平衡学习和玩乐的关系、学习和锻炼身体的关系，还可以在每天晚上睡前想想今天自己有哪些地方做得好，哪些地方做得不好需要改进。每周的考试都是对自己的一次检验，若成绩落下，要分析原因，努力改进并迎头赶上；若获得好成绩也不能骄傲自满。爸爸希望你善良、有爱心，并能收获与同学间的纯真友情。

最后，希望你要有梦想，要有责任（对自己、对家庭、对家族、对社会），要自律自强。我们相信你会有灿烂的明天，更相信我们会因你而骄傲！